我的幸福婚姻 四

[日] 颚木亚玖弥 著
赵乐平 译

青岛出版集团 | 青岛出版社

图书在版编目（CIP）数据

我的幸福婚姻. 四 /（日）颚木亚玖弥著；赵乐平译. — 青岛：青岛出版社，2022.9
ISBN 978-7-5736-0412-5

Ⅰ.①我… Ⅱ.①颚… ②赵… Ⅲ.①长篇小说—日本—现代 Ⅳ.①I313.45

中国版本图书馆 CIP 数据核字 (2022) 第 140147 号

WATASHI NO SHIAWASENA KEKKON Vol.4
©Akumi Agitogi 2020
First published in Japan in 2020 by KADOKAWA CORPORATION, Tokyo
Simplified Chinese translation right arranged with KADOKAWA CORPORATION,
Tokyo through East West Culture & Media Co., Ltd.

山东省版权局著作权合同登记号　图字：15-2022-21

		WO DE XINGFU HUNYIN（SI）
书　　名		我的幸福婚姻（四）
著　　者		［日］颚木亚玖弥
译　　者		赵乐平
出版发行		青岛出版社（青岛市崂山区海尔路182号, 266061）
本社网址		http://www.qdpub.com
邮购电话		0532-68068091
策　　划		左美辰
责任编辑		左美辰
封面设计		半 竹 栗 子
照　　排		青岛新华出版照排有限公司
印　　刷		青岛双星华信印刷有限公司
出版日期		2022年9月第1版　2022年9月第1次印刷
开　　本		32开（890 mm×1240 mm）
印　　张		6.5
字　　数		160千
书　　号		ISBN 978-7-5736-0412-5
定　　价		39.00元

编校印装质量、盗版监督服务电话　4006532017　0532-68068050
本书建议陈列类别：日本文学　轻小说　爱情小说

目　录

楔子 / 1

第一章　爪痕与警戒 / 3

第二章　第一个朋友 / 34

第三章　和朋友的相处之道 / 74

第四章　内心深处的真相 / 98

第五章　无所畏惧 / 136

第六章　今后的决心 / 180

终章 / 197

后记 / 203

楔子

女子造访帝都的时候,是即将迎来初冬的时节。

她提着巨大的皮革箱子优雅地走下列车。车站月台上人头攒动,似乎一个不小心就会碰到别人。

帝都果然繁华依旧啊。女子在心中感慨着。

虽然她几年前还在这里生活、工作,但看着眼前久违的喧闹,她还是觉得有些扫兴。叹了一口气后,她用戴着白手套的纤细双手重新提起箱子,挤入了汹涌的人潮之中。

离开车站后,刺骨的寒风迎面吹来,冻得女子缩起了脖子,她伸出手拢住了及膝大衣的衣领。

"冻死人了……"

女子不自觉地轻喃着,然后朝公交站牌走去。

"这位小姐……"

她好像听到有人在小声唤她。宛如低语的轻唤声,虽然立即淹没在喧嚣的熙来攘往之中,却实实在在地传入了她的耳中。

不过,毕竟这里人声混杂,高声寻找他人的声音此起彼伏,

所以,这个声音要找的对象也不见得是她。而且,她也没听说今天会有人过来接自己,肯定是自己误会了。

就在女子这么想的时候,那声音竟再次传来。

"……喂,这位小姐!"

那声音似乎比她想象的离她更近,女子忍不住吃惊地回过头去。

此时,出现在她眼前的是一位戴着墨镜、看起来四十岁左右的男子。男子脸上带着温柔的笑容,但更让人印象深刻的是他那双异样的眸子,其后似乎藏着与温柔笑意截然相反的情绪。那双泛着诡异光芒的眸子,此刻正直勾勾地盯着女子。

"请问您找我有什么事?"

听到女子的问话,男子脸上的笑意更浓了,连眼角都挤出了鱼尾纹。

"抱歉,冒昧地叫住了您,阵之内薰子小姐。"

"咦?"

他怎么会知道我的名字?女子——薰子——吃惊地瞪大了双眼。与此同时,男子再次开口道:"鄙人甘水直,特有一件要事,无论如何都要拜托您。"

第一章　爪痕与警戒

　　深秋的早晨，待在自己房间里的斋森美世正一脸认真地凝视着眼前的镜子。她认真地套上了印着可爱山茶花纹样的淡绿色袷衣，努力绑紧了腰带，将一头乌黑的长发梳理得整整齐齐，还化了淡妆。最后，她对着镜子反复确认着自己有没有看起来奇怪的地方。

　　好，应该没问题了！美世心想。

　　清霞贵为久堂家当主，在军中掌管整个对异特务小队，作为他的未婚妻，她可不能丢他的脸。

　　"美世，该出发啦！"

　　"好……好的！"

　　听到房间外传来催促的声音，美世慌忙拎起外褂和手提包往房门外跑去。

　　一身军装的清霞已在外头等着她了。他那柔顺且有光泽的浅褐色秀发以及炫目的清丽相貌一如往常，可他脸上的表情却有些僵硬，甚至带着几分阴郁。自二人从久堂家别墅回帝都的

那天起,清霞便一直是这副模样。

"老爷。"

听到美世的小声呼唤,清霞叹了一口气,转过头来看着她。

"你紧张吗?"

"嗯,有一点儿……因为这种事去对异特务小队执勤所,我还是第一次。"

接下来,二人将一起前往清霞工作的地方——对异特务小队执勤所。至于美世也要同行的原因,得追溯到几天前在车站的那场邂逅。

"吾之爱女……"

光是回想起那个声音,美世的心头便会涌起莫名的恐惧。察觉到自己脸色已变得惨白后,她努力向清霞挤出了一个微笑。

"没关系的!我会加油的!"

"你没必要这么逞强,只是过去商量对策而已。"

似乎被美世要强的样子逗笑了,清霞的嘴角微微扬起了弧度。

再次见到他久违的笑容,美世稍稍松了口气。在这次任务中,清霞的亲信五道发生了那样的意外,最痛苦的人想必就是清霞了。所以,她得尽自己所能地支持他,现在可不是害怕退缩的时候!美世暗暗下定了决心。

二人行至玄关,百合江前来恭送他们出门。

今天因为美世也得一同前往,没有时间处理家务,只得委托久堂家的用人百合江帮忙。

"少爷,美世小姐,路上小心呀!"

这几天,美世与清霞的不安、紧张、悲愤等情绪交织在一起,使家里的气氛紧绷到了极点。百合江一定也察觉到了这种异常,但她脸上仍旧是那熟悉的微笑。那是母亲般的温暖笑脸,让人备感安心的同时,也能让人受到鼓舞。

看到百合江那一如往常的笑脸,美世和清霞也自然而然地回以微笑。

"我们走啦!"

朝阳还未完全升起。踏出家门后,他们发现外面天色不过微亮。在寒冷刺骨的空气中,两人呼出的热气变成一团团白雾。

坐上轿车后,清霞立即发动引擎,双手自然地握到了方向盘上。在车子缓缓前进的时候,他轻声对美世说:"抱歉,要你陪着我去做这些事。"

"您不用觉得抱歉的。"

"让我道歉吧,虽然我完全不清楚今后事态会如何发展,但可以肯定的是,我害你也卷入了危险之中。"

看着未婚夫那原本清丽的面容此时因痛苦而满布阴云,美世觉得胸口紧得发疼。就算发生了危险之事,也不是清霞的责任,谁也没资格责怪他。

"别这么说,我本来也没法置身事外,所以……"

尽管美世很想告诉清霞无须自责,但她很清楚,现在无论怎么安慰清霞,怎么声称错误根本不在他,都没有任何意义。清霞是个温柔的人,所以就算要他别把这些放在心上,他也无法做到。事实上,美世内心的悲伤和不甘也无处安放。她不禁回想起那天的事情。

那天,美世、清霞、新三人从久堂家别墅返回帝都。从车站出来后,他们遇到了一名陌生的中年男子。

"吾之爱女……此言似乎有点儿吓到尔等了。"

中年男子装模作样地"哈哈"大笑了起来,这副模样看着倒像个极为普通的阿叔。男子的头发修剪得极短,深褐色的秀发中带着些许银丝,偏长的脸上配着深邃的五官,鼻子上架着一副圆形的黑框眼镜。他穿着一身深色的和服,搭配着日式裤裙,外面罩了一件斗篷,打扮十分考究,却又不显张扬。虽然这人看起来平平无奇,但就算是美世,也猜得出这男子绝不是普通人,因为他那双藏于眼镜之后的眸子散发着犀利又异样的光芒。

而此时,清霞和新早已抛下手上的行李,露出杀气,进入了迎战状态。现场的气氛一瞬间紧绷到了极点,美世不禁下意识地屏住呼吸。

"你就是甘水直?"

听到清霞冷静的问话,男子——甘水——依旧一脸笑容,甚至朝他们轻轻鞠了一躬。

"然也,吾乃甘水。"

"既然是这样,就别再上演这种蹩脚的戏码了!"新一脸凶相地打断了甘水的话,"你再怎么装作人畜无害的样子都没有用!看到你的脸,我便能想起那些传说。"新继续说道,"甘水家的长子,年幼时就极为残酷无情,是个无法相处的孩子。随着年龄的增长,他似乎收敛了许多,可是……"尽管语气非常平静,但新身上散发的气息却高度紧张,丝毫不见往日的从容。美世即便只是站在三人后方静静听其对话,也能感受到现场战斗一触即发的气氛。

"……人的本性毕竟没那么容易改变。"

一瞬间,四人陷入了沉默。

但很快,甘水打破了这令人窒息的寂静。

"哈……哈哈哈哈哈!或许是这样吧!汝不愧为薄刃家继承人,所知甚多嘛!"

甘水狂笑不止,他的眼角泛出些许泪光,甚至笑得有些岔气,直到快喘不过气,他才终于停了下来,再次抬起头。但此时,他的脸上是狰狞的笑意。他尖锐的视线落在了被清霞和新护在身后的美世身上。

"然本性如何,微不足道。若有所求,吾伪装即可……"

美世的掌心和后背都渗出了冷汗,此时,她有一种"人为刀俎,我为鱼肉"的感觉。这位名为甘水的男子相当可怕,虽然只是见了这短短几分钟,美世却强烈地感受到了这一事实。就像他自己说的,他的言行举止可以截然不同,都是他伪装出来的。没人能猜到他在想什么,接下来又会采取何种行动。

"一人千面、深不可测",或许说的就是他吧!

藏在新身上的枪发出了细微的"咔嚓"声,虽然美世不知道清霞身上带了什么,但清霞肯定也做好了随时抽出随身武器的准备。

不过,甘水似乎完全没把这二人散发出来的杀气当回事,只是耸耸肩,再次开口道:"尔等年纪轻轻,杀气如此之重可不好。今日吾不过前来打声招呼,并无同尔等开战之意。"

"谁会信你的鬼话!而且,你已经是通缉犯了!"

"此言差矣,久堂少校!既然吾教之人遭汝收拾,作为其祖师,不过来问候一下怎么行?吾亦为汝准备了一份大礼,待汝得见,必会同意相助于吾!"

"大礼?"美世小声地重复着这两个字。甘水直所说的礼物,绝不可能是什么点心之类的东西。美世的脑海深处因恐惧而有些发麻,已经完全无法思考。

"大礼?"

"然也,汝此次所端之据点,不过吾辈用完后所弃之实验室。吾辈据点遍布各地,那里根本无关痛痒。不过,军方似已锁定一些地点,欲将吾辈一网打尽,竟不曾考虑那是否为陷阱。愿汝属下无恙归队,久堂少校。"

用完后舍弃的实验室?一网打尽竟不曾考虑那是否为陷阱……美世无法理解甘水直这些让人害怕的发言,他到底在说什么?

可清霞听完却微微挑起了眉毛,他那薄薄的唇瓣似乎也微微颤抖起来。

"你是在威胁我吗?"

"此言未免小人之心了,久堂少校。礼尚往来,方显诚意。看,吾之大礼到了!"

甘水直扬了扬下巴。

只见半空中飘浮着一个物件,仔细一看,原来那是一个他人用白纸做出的式神。

清霞一双眼睛死死地盯着甘水直,一把揪住那个式神,快速扫过写在式神上面的简短文字。

"如何,吾猜上面所写之事会令汝加入吾辈!"

甘水直一脸平静,语气中却带着几分挑衅。

清霞一把捏碎掌心里的式神,轻轻"啧"了一声。

"只要在这里逮捕你,就没问题了!"

"我来帮你,少校!"

新以行动来支持清霞。

当美世回过神时,清霞已经朝甘水冲了过去。尽管四人此

刻身在熙来攘往的车站,新却毫无顾忌、光明正大地举枪瞄准了甘水直。

太奇怪了!此时,美世终于搞明白了眼前场景的怪异之处。

清霞和新想必早就察觉到了吧?车站里人潮涌动,却没有一个人注意到他们。他们不仅在人潮汹涌处停下脚步对话,甚至还掏出了枪,明明这些举动是会引起大骚动的,但其他人却仿佛完全看不到他们似的,只是自顾自地从他们身旁走过。

这就是他的异能吗?又或者是可以避人耳目的结界?美世无法分辨。

就在这时,前方的甘水的身影突然变得透明,清霞原本打算抓住他的手也随之落空……

"美世,吾之爱女,吾定会再来接汝!"

美世的耳畔响起了诡异的低喃。不知何时,甘水竟站到了原本应该被清霞和新护在身后的美世的身旁。

"美世,别动!"

"嘭!"

伴随着一声干脆的枪声,从新的手枪中射出的子弹掠过美世身侧,击中地面后反弹了一下,而那个男人已不见了踪影。

美世紧握着自己冰冷的指尖,看着车窗外不断后移的景色。

我……不是斋森家的女儿吗？美世的心里充满困惑。

甘水说会再来接她的宣言让她害怕不已。可比起恐惧，美世更在意的是他所透露的自己是其女儿的信息。

他的话到底是什么意思？美世不愿意相信自己是甘水的女儿。如果甘水说的是真的，那么自己在斋森家不被当成女儿看待，就是理所当然的；那些不被接纳、每日都身心痛苦不堪的日子，也都是合情合理的。

如果甘水真真的是自己的亲生父亲，那么自己该如何自处呢？

自称是异能心教祖师的他带来的"礼物"真是糟糕透顶！军方决定一口气彻查异能心教后，便派了几支队伍前往了几个被判断为可能是其据点的地方，但在军队突袭其据点的同时，这些据点纷纷爆炸，仅剩一片火海。这些爆炸造成了惨痛的损失，也使很多人受伤甚至丧命，清霞的小队队员们也没能幸免，其中就包括五道。加上之前在久堂家别墅附近的农村发生的怪异事件，异能心教总是让人们心智失常、陷入恐慌。

这个伤害了许多人的男人可能是自己的亲生父亲！美世不愿意相信这一点，比起在斋森家的过去，这件事更让她无法接受。仅仅是想到这种可能性，美世就觉得浑身难受，她下意识地握紧了双拳。

清晨，路上行人不多，清霞驾驶着小汽车一路畅通无阻，很快他们便到了对异特务小队执勤所的大门。

"走吧!"

"好!"

将车停好后,两人并肩走向执勤所。

尽管天才刚亮,执勤所里众人已经忙成一片。

"早安。"

美世向跟自己打招呼的队员们低头问好,她原本还担心自己会被好奇的视线包围,但或许是因为大家早已知道了美世的存在,又或者纯粹是因为他们忙得不可开交,并没有人特别关注她,这让美世稍稍松了一口气。

"美世,麻烦你同我一起参加之后的会议。"

"好!"

"不过,在这之前……"

清霞绕过会议室,粗鲁地打开了一道造型看起来相当高级的大门。

"我想先给你介绍一个人。"

"给我介绍一个人……难道是……"

这么一说,美世倒是想起来了。虽然她有些受宠若惊,但清霞说过他会在对异特务小队中挑选一位得力干将来担任被甘水直盯上的美世的护卫。虽然觉得这么做未免太大题小作,但回想起前些日子甘水直那势在必得的样子,美世也无法拒绝。

门打开后,是一个宽敞的房间,除了位于房间尽头的一张大大的办公桌,房里还配有桌子和沙发。不同于执勤所里其他简单又朴素的房间,这间办公室的装潢比会客室还漂亮,只是比会客室多了杂乱地堆成一座座小山的各式文件。但美世并没有在房间里看到清霞所说的要介绍给自己认识的那个"得力干将"。

"抱歉,到处乱糟糟的,这里是我的办公室,上班时我大部分时间都待在这里。"

"唉!那个……我到您办公室里没关系吗?"美世仰视着未婚夫,吃惊地问道。

军人的办公室可是存放着许多机密文件的地方,这里应该有许多不可以被外人看到的情报。

"没关系,从今天开始,你要在执勤所接受保护。这项提议将在其后的会议中确立。这样一来,也没什么要藏着掖着的。"

"这样呀……"

"啊,抱歉,之后很长一段时间,在异能心教的事件彻底解决之前,可能要辛苦你了。"

"没有,老爷也是因为担心我才这么做的。我明白的。"

当然,要给美世派一名贴身护卫也不只是清霞自己的私心,清霞的上司大海渡也会出席之后的会议,尽力保护美世也是军方的决定。但从清霞的表情中,任谁都能一眼看出他对美世的担心。

"你先坐一会儿吧,对方应该也快到了。"

听到清霞这么说,美世在沙发上坐下,轻轻地吐了一口气。

沙发柔软的触感顿时让她因逞强而一直紧绷的身体放松下来。

"你累了吗？"

"没有，我才刚来。"

美世摇了摇头，但下一刻，清霞那张清丽俊美的脸突然探到她的脸前。

"你看起来气色不太好。"

"没……没这回事！"

脸颊发烫升温的瞬间，美世不自觉地向后缩起身子。她身体没什么，要是气色看起来不太好，估计是因为太过紧张。尽管她想这样解释，但此刻她却一句话也说不出。

太让人难为情了！二人现在的姿势，让美世回想起离开别墅前一晚发生的那件事。她完全无法冷静下来，视线不知所措地游移躲闪着，不知该看向哪里。

清霞见状，低垂着眉眼笑起来，然后拉开了二人间的距离。

"你多虑了，在工作场所，我不会做出什么奇怪的事的。"

"在……在工作场所……"

"在家也不会。"

"您说……什……太过分了！"

美世意识到自己似乎被捉弄了，用双手迅速掩住了发烫的脸颊，气呼呼的。

二人对话结束的同时，刚好响起了敲门声。看样子是约好要见的人到了。美世努力让自己脸颊降温，端正了坐姿。

"队长,我是阵之内,方便进去吗?"

"进来!"

"打扰了。"

打开大门走进来的,是一位身材苗条、穿着军装的美丽的女性。

女性?这一认知,让美世有一瞬间的恍惚。

或许是看惯了清霞的脸,最初,美世还以为对方是位体形清瘦、五官偏中性的男性,但她很快意识到自己错了。将一头飘逸的长发利索地扎在脑后、英姿飒爽地朝二人走过来的,是一位和美世年龄相仿的女性,而且是一位正气凛然的美人。

军人不应该都是男性吗?正当美世大惑不解时,那位女子同她目光相对,并朝她露出了优雅的笑容。

这真是一位同性都会看得入迷的美人呀!她不仅有女性的阴柔美,还同男性一样能胜任帅气的军装打扮,完美得像一个优秀的演员。美世那好不容易降下温来的脸颊似乎又开始发烫了。

"你来得正好,阵之内,坐吧!"

"是,失礼了!"

清霞让这位叫阵之内的女性坐在了对面,自己则极其自然地坐在了美世身边。

"突然把你从旧都叫回来,抱歉。"

"不,别这么客气,好久不见了,久堂君。"

满面笑容与自己相对而坐的她,意外地给人以一种平易近

人的感觉,看起来应该是一位温柔又善良的女性。美世心想。

"美世,这位是阵之内薰子。平常她就职于旧都的对异特务第二小队,我请她过来顶上五道的空缺,今后由她来担任你的贴身护卫。阵之内,这位便是我的未婚妻斋森美世。"

听到清霞这么介绍后,女子——薰子——端正了自己的坐姿,正式向美世自我介绍。

"我是阵之内薰子,请多多指教。"

"我是斋森美世,也请您多多指教。"

薰子不仅相貌出众,举止也端庄大方。虽然一时被她的气质所震撼,美世还是好好地打了招呼。

薰子微笑着朝美世伸出一只手。

"请问,我可以叫你美世小姐吗?"

"可……可以的!您随意就好。"

"真是好听的名字!我一直很好奇,久堂君的未婚妻会是什么样的人,今日见到了温婉贤淑的美世小姐,似乎突然就明白了。"

薰子的言谈举止比外表给人的印象更加直爽。美世轻轻握住了薰子伸过来的手,那手虽然有着女性的纤细,却因常年握剑而生了老茧,有些硬邦邦的,但非常温暖。

太好了,感觉薰子小姐是个很好很好的人呢!美世暗暗庆幸着。

声音是骗不了人的。若是心怀芥蒂或恶意,再怎么去掩饰也还是会从声音中露出端倪。美世从薰子那里没有感受到丝毫恶意，所以，她应该不是个恶人吧？可能的话，美世希望自己可以和她好好相处。

"阵之内，请你担任美世的贴身护卫。"

听到清霞这么说，薰子表情严肃地点点头。

"遵命！"

"我想你应该很清楚，身为美世的护卫，一旦有危险发生，你将可能是第一个同异能心教或甘水直交手的异能者，你的工作比起其他人要危险得多。"

"没问题，我可以的！"

"抱歉，你本来是被派来顶替五道一职的……"

"这种事没关系啦！贴身护卫的话还是同为女性的我行动起来更方便些。再说，我们是什么关系！"

薰子这意味深长的话让美世有些在意。清霞和薰子的关系……除了上司和下属或同事情谊，二人还有什么别的交情吗？刚才听说薰子是在旧都任职，按道理来讲，她和清霞交集应该很有限。不对，若是她和清霞没有什么特别的关系，又怎么会说出这种话呢？她究竟是什么意思呢？美世有点儿想问，但又不想去问。

虽然内心有些纠结，但美世不想和薰子之间因此产生隔阂，于是，她下定决心问出了口："请问，二位是什么关系呢？"

"咦？啊，实际上，我以前曾是久堂君的未婚妻候选人呢！"

"啊!"

美世一时吃惊得顾不上礼仪,直勾勾地盯着薰子那漂亮的笑脸,一句话也说不出来。她当然知道过去清霞有很多未婚妻候选人,但她们谁都没有留在他身边。所以,这是她第一次见到真实的清霞前任未婚妻候选人,美世彻底愣住了。

"喂!以前的事就不要再提了!"

"啊,抱歉,你听了会不开心吧?别在意呀!"

"你这人真是……"

"真的对不起嘛!我再也不说了!"

美世不知道此时自己应该做何反应,只能沉默不语。虽说薰子让她别在意,但知道了这样的事,她实在没法不在意。如果薰子当时和清霞正式缔结了婚约,那清霞身旁的位置就轮不到自己了。而且,二人现在看起来也很亲密,会不会……

我在想什么蠢事呢!美世立刻止住了自己的胡思乱想。

现在,清霞已同自己正式订婚,他相当珍视自己,而且他是个非常诚恳正直的人,绝不会因为薰子的出现就变心。对,自己应该相信清霞,就像他始终相信自己那样。

"虽然我能力有限,但我会尽全力保护你的!请多多关照,美世小姐!"

"好,好!我才要麻烦你多多关照!"

尽管美世对薰子挤出了微笑,但她的内心仍是愁云密布。

开会的时间快到了,三人移步会议室。

此时此刻,美世的脑袋已被"未婚妻候选人"一词牢牢占据,连之前的对话内容都记不太清了。

不行,必须赶紧转换下!既然被叫来一同参加会议,就说明有可能会征求她的意见或需要她作证。要是一直发呆、完全没有听,会给别人留下极差的印象。想到这儿,美世努力让自己打起精神。

踏入会议室后,她发现来了不少人。

"美世,你的座位在这里。"

清霞指示的座位,就在清霞所坐的最后方的座位旁边。

这是与甘水交手之后,大家首次认真地商讨此事。要求美世参加似乎是为了让身为当事人、与甘水直有着直接接触的她一起了解今后的作战方针。一般来说,就算是当事人,因为不是军方人士,也不会让其知道得过多。但这次,甘水已经明确宣告他会再来接美世,军方或许认为让美世完全处于一无所知的状态反而会更危险。

"好,谢谢老爷。"

美世乖乖地听从清霞的指示,坐在了指定的座位上。

刚出家门时,美世还干劲满满,但当她真的来到会议现场时,她才觉得自己有些格格不入,甚至如坐针毡。更主要的是,她还沉浸在方才的冲击中,稍不注意便会不自觉地盯着坐在不远处的薰子看,脑子里也会浮现出不愉快的联想。

要打起精神来才行!美世不停地提醒着自己。尽管她很在

意清霞与薰子的过去,但她现在是身为队长的清霞的未婚妻,一定不能在他工作的地方、在他的部下面前失态!

美世就这样怀着不自在的心情等待着,不一会儿,其他与会者陆陆续续地到达会场。

能参加此次会议的都是对异特务小队班长军衔以上的成员,他们是奉行实力至上主义的对异特务小队中的佼佼者,其中有身材壮硕的年长者,也有看起来平凡无奇的年轻人。不过,在这些与会者中,最独特的就是一身军装打扮的薰子了。她是在场除美世以外唯一的女性。

"各位,辛苦。"

最后一个踏入会议室的人是对异特务小队的总负责人大海渡征。他到场后,在场者全部起立,一齐向他鞠躬。

"大家不要拘束。"

他这么说后,大家各自落座,会议在严肃的气氛中开始了。

不过,有一个位置还空着。美世之前听说新也要代表薄刃家出席,但直到现在还不见他的身影。

虽然有些担心,但美世觉得自己似乎没有立场开口提出此事。怎么办才好呢?希望新不是在赶来的途中遇到了什么麻烦才好。

在美世思考这些事的时候,手边传来了会议资料。

美世大体翻阅了一下,只觉得晦涩难懂。资料内容大多是专业术语,有一半以上她都看不懂。要是一会儿连大家讨论的内容也听不懂,自己只能事后再请教清霞了。美世在心里盘算着。

待与会者都拿到会议资料、大致确认了会议要讨论的议题和开展顺序后,清霞率先发言。

"这次与异能心教的对峙,为了填补人手上的不足,我向旧都的对异特务第二小队借调来一名队员,现在向大家正式介绍一下,阵之内。"

"有!"

薰子干脆、积极的回答在会议室响起,与会者的视线纷纷集中到她身上。

"阵之内薰子,在几年前一直任职于执勤所,在场者应该也大都知道她。"

薰子背挺得笔直,向所有与会者敬礼。

"我是阵之内薰子。第二小队队长认为派遣熟悉帝都情况的人前来更为妥帖,所以特地命我前来。今后,我会连同五道君的份一起努力,请各位多多指教!"

听到薰子的自我介绍后,美世恍然大悟。既然薰子以前是在帝都任职,那她肯定同清霞共过事,所以二人关系亲密也没什么好奇怪的。只是,能理解是一回事,能不能接受就是另一回事了。虽然美世很想相信清霞和薰子关系特别好是因为二人曾在同一职场共事,但她还是会因薰子曾是清霞的未婚妻候选人一事而产生怀疑。

这么想是不对的！老爷想同谁关系好都是他的自由！因为自己的私心便针对薰子，这绝对是不对的！为了摆脱脑海中愈演愈烈的负面猜疑，美世重重地吐了一口气。

她早就听说过，少了五道，小队会产生很大缺口。美世并不知道五道的实力究竟如何，但既然能当上清霞的副手，想必实力不容小觑。为了填补五道的空缺而被借调来的薰子，大概跟五道同样优秀吧！说自己不羡慕薰子，只是在自欺欺人罢了。

"关于要委派给阵之内的任务，之后我会再确认。接下来……"

很快，大家进入下一个议题。异能心教爆破据点事件，事件造成的人员伤亡、财产损失情况，军方及对异特务小队今后的作战方针等，要讨论的议题很多，一番热烈的讨论过后，终于进入了有关甘水直及其手下的议题。

负责进行汇报的，是一位看起来三十岁上下的班长，名叫百足山。

"我们队曾对同队长交过手的那名男性异能者进行追查，并将调查结果记录在了资料中。"

"是宝上家的人吗？不过，现在应该不存在行踪不明的异能者才对啊！"

美世跟着大家的讨论看向手中的资料，因为异能是非常强大的力量，所以异能者的出身背景、行踪等一直在国家的统一管控之下。要是有异能者图谋不轨，企图扰乱治安，国家会在引发重大问题前解决掉他们。但在清霞与美世留宿久堂家别墅之时，曾和清霞交手的这位宝上家的异能者却能够摆脱国家严密的监控，以异能心教成员的身份参与他们的计划，按道理讲，这事绝对不可能行得通才对。

为了回答清霞提出的疑问，百足山继续往下讲。

"对您提出的质疑，我们也觉得奇怪，负责监控异能者的有关部门没有丝毫怠慢，每天兢兢业业、恪尽职守，但不知为何，机关人员也反映，他们已许久未能掌握宝上的行踪了。不过，此前没有一个人对此提出疑问！"

听完百足山的汇报，与会者均是一脸困惑。

每天兢兢业业、恪尽职守，但在无法确认宝上的去向后，又完全没对其起疑？

"这是什么意思？"

"就算您问我，我也无法回答。我只能将我所了解的情况原封不动地汇报给您。"

"呼……"

眉头紧锁的大海渡重重地吐了一口气。听完这种不负责任的汇报，清霞也同样皱起眉头，其他与会者也都一副苦大仇深的样子。

"将其判定为其与甘水，也就是薄刃的异能有关，或许更为准确。很明显，当事人的精神已经被干扰了。"

美世猛地抬头望向自己的未婚夫。

目前,尚无人明确知晓甘水直到底拥有什么样的异能。话说回来,唯一有可能知晓甘水直情况且应该在场的新,现在还未到场。

"如果鹤木,不,薄刃新在场的话,直接问他会更快得到答案吧!他人呢?"

眉头紧锁的大海渡终于提到了新。会议室里的气氛顿时紧张起来。

"虽说是尧人殿下的命令,可要跟薄刃家合作未免……"

"薄刃一族根本不值得信任!"

与会者纷纷小声讨论起来,这些质疑不断传入美世耳中。薄刃家对外一般以"鹤木"自称,这已成了异能界公开的秘密。今年夏天天皇退位后,遵从皇子尧人的旨意,薄刃一族的存在不再被视为国家机密,他们才渐渐敢以薄刃自称。以全国为单位,知晓其中原因的人只是少数,可若单论异能界,知晓此事意义的人可就多了。毕竟,薄刃家同其他世代承袭异能血脉的家系是不一样的。

作为"异能者制裁机器"这一特殊存在,其他异能者多少会对薄刃家心怀芥蒂,要么对他们有偏见,要么将之看作异能界的叛徒而嗤之以鼻。能够以原本的姓氏光明正大地生活,本是件好事,但现在的情况是,薄刃家仍是让其他异能者退避三舍的对象。

"若是薄刃新来不了,就只能由我们主动联络他了。"

"不好意思,我来晚了。"

就在清霞叹着气开口的同时,新仿佛计算好了时间一般,推开了会议室的大门。

"你来得太晚了!"

"非常抱歉,我那边也是乱作一团,实在忙不过来了。"

"我知道你要忙的事很多,但也应该遵守约定的时间,快入座吧!"

新一边调整着因匆忙赶路而紊乱的呼吸,一边在靠近清霞的空着的座位坐下。

在此期间,新肯定也听到了那些对薄刃家夹杂着恶意的窃窃私语,但面对其他人的恶语,他的表情一如往常,毫无波澜。美世担心地偷偷看他,他竟还对她报以一个俏皮的微笑。

"那么,既然来得这么晚,肯定是查出了些成果吧?"

"嗯,算是吧。我已经查明了甘水直所拥有的异能了。"

原本充斥着窃窃私语的会场因新的发言变得鸦雀无声。刚才还对薄刃家心存怀疑的这群人,现在全都竖起了耳朵,生怕漏掉新所说的任何一个字。

瞥了一眼那群人后,新耸耸肩开口道:"但老实说,就算知道了他拥有什么异能,也拿他毫无办法,因为甘水直拥有的是一种极其危险的异能。这异能本不应该存在于世,却偏偏被他掌握了。"

紧张的情绪瞬间在一片静默之中蔓延开来。

"甘水直的异能是扭曲人的五感——视觉、听觉、味觉、嗅觉、触觉,还可以获取并操纵我们脑内的一切情报。"

"竟然会……不可能!"一位班长拍桌怒吼道,他的声音中满是恐慌。

"不会的,我不相信!"

"怎么可能!"

"这已超出了人类的极限,不可能的!"

此类声音此起彼伏。

看着与会者躁动不安的样子,新一脸冷漠,清霞眉头紧锁,大海渡则是一副若有所思的样子。

可以扭曲感知?只是听说可能难以想象,但亲身经历过的美世深深懂得那种恐惧,一回想起来,她便不由得深呼吸起来。就算在人头攒动的车站引发那么大的骚动,周围的路人也不以为意,他的异能可以同时操纵那么大的范围,着实可怕。而且甘水直的身影也可以突然出现或瞬间消失,其操纵的宝上家的异能者甚至还顺利摆脱了政府的监视系统……

不过,知晓了甘水直的异能,监视机关兢兢业业却没人觉得宝上家的异能者行踪不明有什么问题一事,也就说得通了。那次在车站交手,路人们的置若罔闻,也许并非是结界所致,而是其使用了异能的结果。

这异能太惊人了!

见大家乱作一团,新以平静的语调再次开口:"再怎么吵吵嚷嚷地拒绝相信也无济于事,只要那个男人想,此刻在无人察觉的情况下混入我们之中也易如反掌,他甚至可以彻底假扮成其他人。"

听完新的发言,在场者甚至有人因惊愕忘记了呼吸。仅仅是想象这种情形都足以令人毛骨悚然。这意味着一旦与甘水直正面交锋,自己凭五感所获得的所有信息都不可信了。

"当然,他也不是可以毫无约束地肆意使用这种能力。我猜测,他每天能发动异能的次数是有限的,能操控的范围也是有限的。"

"就算是这样,这种制约能否算是弱点呢?我并不是异能者,所以没有什么立场发表意见,但同甘水直及异能心教的战斗必然会是一场苦战吧!"

听完大海渡的发言,大家一同沉默了。

此时,清霞开口道:"少将,您说得没错,但我们有必要知晓其弱点,并做好准备。不过,在那之前,我们应该先分析一下异能心教及甘水直的真正目的!"

"嗯,没错。清霞,你和宝上家的异能者交锋时,他告诉过你他们的真正目的吧?"

"是!"

清霞就此前暂住别墅时调查的怪异现象事件做了汇报,虽然详尽的报告早已及时传达给了所有队员,但清霞现在做的汇报是将异能心教的目的作为重点,这仍让在场的所有与会者专

注不已。

"……将异形的一部分植入人体内,以使其拥有异能……不过,这是不是事实、是不是可行还有待确认。"清霞平静地分析道。

原本,异形便是若有似无的存在,一般只有异能者能看到或触碰到异形,普通人是看不到的,那要将异形的一部分植入普通人的体内又要如何实现?首先,必须让异形寄生于包括人类在内的某种生物体内,只有这样才能让他们获得实体。但现在,姑且不说异能是国家机密,做活体实验这一点本身便是违法的,也是泯灭人性的。这些人能在暗中将其进展到这种程度,必然做了相当多的准备,且拥有极其强大的力量。所以,接下来想证实其所言的真实性并采取防范措施必然困难重重。

"队长,我可以发表下看法吗?"

"嗯?"

举手的是百足山班长,清霞点头表示同意。

"就算让普通人变成异能者是可行的,那他们这么做又是图什么呢?从您的汇报来看,大概祖师——也就是甘水直——是想创造出一个新世界,然后成为那个世界的王。但要做到这点,鄙人认为与其赐予一般人力量,不如直接展示自己强大的异能更快些。"

他的发言直击命门。虽然异能者只是人类,并非神明,但其各方面的素质均凌驾于一般人之上。除了能发动异能,其身体也比一般人强壮，他们很少生病，也不容易受伤。此外，异能者的体能也比一般人优秀，薄刃家的异能也天然凌驾于其他异能家系之上。这些知识，美世在接受新及叶月的指导时学过。

"大概甘水对自己的力量及薄刃家的异能相当自信吧！又或者说，其自负地认为自己是凌驾于普通异能者的存在，所以才会做出这种事。而且……"

清霞将视线转向了美世，接着与会者的目光一齐转到了美世身上，美世不禁因紧张而全身僵硬。

"如果这便是甘水的动机，那他绝对是想要得到'见梦之力'。"

"'见梦之力'可以说是薄刃家的一切。在我的亲族中，甚至有人把这种力量当作神迹一般崇拜，身为分家一员的甘水，想必也有这种情结吧？"新补充道。

清霞点点头，继续分析："所以，他必定会对拥有'见梦之力'的异能者，也就是我身旁的斋森美世出手。我认为，我们无需主动出击，好好守着斋森美世，做好周全的防御准备才是我们当下的重要任务。为此，我们小队在今后将以守护她为中心，展开同异能心教的对抗。"

"队长，您说要守护她，那具体要怎么做呢？"一名班长提出了疑问。

"嗯，清霞目前的住处戒备森严，她在那里就应该万无一失了吧？"

大海渡托着下巴,仍是一副若有所思的样子。

"对手如此强大,就算指派优秀的护卫贴身保护,一旦与甘水交锋,也只能起到拖延时间的作用,真要发生了什么事,你无法及时赶到现场也是无计可施。"

"从明天开始,我会让她每天跟我一起到执勤所。"

清霞或许早就想到了大海渡会这么说,这二人的对话听起来像是早就商量好了似的。

"如果白天少校也能守在美世身边,那就没有比这更让人安心的了。我也想担任美世的贴身护卫,但薄刃家还有很多事要处理,实在没法陪在她身边。"新笃耸耸肩,在一旁插嘴道。

"你呢?愿意接受这样的安排吗?"

听到大海渡的问话,美世抬起头来。此前,在清霞的办公室听说这件事时,她便一直在思考,不是军方人士的自己,长时间待在执勤所合适吗?就算抛开这个问题不谈,她也担心自己会妨碍清霞工作。

"说出你真实的想法就好,至于你在这里会不会影响我工作,根本不是问题。因为,事情演变成这样,已经没有比保护你更重要的工作了。"

清霞的这番话像是读懂了美世的心思,也给了美世力量,她点了点头。

"嗯,如果能让我待在这里的话,我也……比较安心。"

"那就这么决定了!"说着,大海渡站起身来,"那么,作为甘水直第一目标的斋森美世,从今天起就由对异特务小队保护,我会向上面申请获批,还有人有其他意见吗?"

无人回应少将的问话。片刻后,陆续响起了赞同声。

"那么,今天辛苦各位了!之后,请大家在自己的岗位上,切实做好同异能心教交战的相关准备,散会!"

新离开对异特务小队执勤所后,快步走在帝都的街头。

这么下去,绝对无法战胜甘水直。新在心里盘算着,他的表情严肃不已。

在动用薄刃家的关系调查过甘水的实力之后,新确定了一点:甘水直非常强大,比自己强大无数倍。

甘水家虽然是分家,但在甘水直那一代,薄刃家系中的异能者数量要比现在多,能力也比他们这一代优秀得多,比如甘水直、薄刃澄美。而且,能够阻止薄刃家的异能者的,恐怕也只有薄刃家的异能。但现在的薄刃家没有人能阻止甘水直,就连身为薄刃家下一任当主的自己也无能为力。

也许像清霞那般拥有强大异能和战斗力的异能者,即使没有薄刃家的异能也尚有一战之力,可这种级别的异能者屈指可数。加之敌方除了宝上家的异能者,还不知有多少其他家系的异能者对甘水唯命是从。就这样开战的话,他们必败无疑。

他是薄刃一族的耻辱！自从听到甘水直的名字后，新便一直这么想。

所有的罪责都在薄刃家。没有尽早处理掉危险人物，没有切实掌握家族背叛者的行踪……这一切都是薄刃家的罪，也是薄刃家无法推卸的责任。

长久以来，薄刃家对外一直大义凛然地宣称薄刃一族一直坚守成规，规规矩矩地存活于地下，不曾越雷池半步。族人总在试图遗忘或故意遗忘那个男人的存在，这才造成了如今的局面。事到如今，薄刃家只能且必须自己吞下这个恶果。

最坏的情况便是只护下美世，只要美世无事，薄刃一族便能延续下去。既然甘水的目标是美世，那自己拼上性命也要护她周全，即使为此可能要离开她也在所不惜。新暗暗下定决心。

冷风迎面吹来，他停下脚步，闭上双眼。祖父义浪肯定不会放任甘水直撒野，也定不会让自己独自涉险，但肩负薄刃一族未来的自己，即使无法改变过去发生的事，也必须全力挽救。

身为守护见梦巫女的薄刃家新任守护者，为实现某些目标，有时必须做出牺牲。宁可错杀三千，也不放过一个！他一定要亲手了结甘水直。

新睁开眼，低头看向自己的手掌，暗暗发誓。他一定要找到异能心教及甘水直的弱点，将其铲除！这是让薄刃家毫无后顾之忧、清清白白地存活于世的必经之路。或许，这也是新作为薄刃家的异能者活到今天的意义所在。

虽然他有些不甘心，但将美世交给清霞保护应该就没问题了。即便自己不在她身边，她也不会有危险。在这期间，他只要找出击败甘水直的方法就行了，而且要尽快找到，击溃他！

新呼出一口白色水汽，直勾勾地望着前方，在深秋的街道上继续赶路。

第二章 第一个朋友

美世久违地做了一个梦。

当她意识到的时候,她已经站在了一栋陌生的、看起来历史相当悠久的木造建筑前。

"哎,直,你又同别人打架了吗?"

洒满温暖阳光的庭院里传来一名年轻女性的声音,那是美世熟悉的声音——她的母亲斋森澄美的声音。不过,这个声音比美世记忆中的母亲的声音听起来更活泼开朗。大概这个梦是澄美嫁入斋森家前的某一天吧。

美世移动自己的视线,发现在一棵长满绿叶的大树下,站着一个嬉皮笑脸的男子。

"是对方先动的手,我可是正当防卫!"

"骗人!如果是那样,为什么你身上连个小擦伤都没有,对方却伤得住了院?"

正如美世猜想的那样,站在缘廊上俯瞰着男子、叉着腰质问他的正是少女时代的澄美。但她的样子同以前美世梦中登场的母亲截然相反。

一头乌黑的长发飘逸动人,略带婴儿肥的腮帮子气鼓鼓的,看起来顶多十几岁的她一看就是个充满活力的女孩;而在之前有关斋森家的梦境中出现的澄美总是一脸悲伤,仿佛随时会消失。

"好吧,我认输,你不要生气了!可主动找麻烦的是对方,先出手的也是对方,真的!"

"就算是这样,你也是防卫过度,知道吗?"

"哈哈哈,这样呀!"

这个试图用笑声蒙混过关的少年,美世也见过。他就是前阵子才给美世留下恐怖回忆的甘水直。少年平整的衬衫外面套着和服,穿着褶裙的他看起来像个书生,但藏在圆形镜片后面的那双眸子却如那天一样闪着让人毛骨悚然的光芒。不过,跟现在相比,年少时的他还没那么恐怖。

美世将站在眼前的这名少年的脸同之前见过的甘水直的脸重叠起来。从庭院里仰望着站在缘廊上的澄美的他,一脸宠溺,爱怜地眯着眼睛。

"少在这里糊弄我!不可以使用暴力!我不是早就跟你说过好多次了吗?"

"哎呀,我气过头了,下次会注意的,绝对不会让对方去医院的!"

"等一下,我不是让你手下留情,是让你不要再使用暴力了,

你明不明白?"

"知道了,我真的知道了!我的公主殿下!"

"真是的,你总是这样得意忘形!"

澄美叹了一口气,脸上一副"真拿你没办法"的无奈表情,而后又露出笑容。

二人间流淌着甜蜜的空气,他们看起来就像普通的热恋中的花季少男少女。这是曾经存在过的、充满柔情蜜意而又如泡沫般的回忆。

出现在美世眼前的这一幕平平无奇,在年轻人的日常生活中可以说是随处可见,却令她产生了强烈地想要落泪的冲动。

甘水深爱着澄美,而澄美也深爱着甘水。美世真真切切地感受到了这一点。见梦之力为何要让她看见这段回忆?现在的她已经不会陷入异能失控的状态了,所以这大概是她潜意识里想要去了解母亲的过去吧。

他们原本是恋人吗?美世很想知道答案,却没人能回答她。

在试着推测真相后,她的脑海浮出一个令人不快的可能性。

倘若自己的生父真的是甘水直……

倘若自己的母亲和甘水直原本情投意合,却因战略联姻而被迫分开了……

这样的话,自己该怎么办……

甘水所犯下的罪,是否应该由身为甘水女儿的她来赎呢?

或许,她还应该代替母亲向至今仍被蒙在鼓里的斋森家赔罪……

这些她都不想承担,或许这样的想法本身也是她的罪过。脑子里令人不知所措的思绪快要将她淹没,她觉得自己快要窒息了,不禁用双手掩住自己的脸。

"放心吧,澄美!我会一直守护你、守护你所珍视的一切的……只要你愿意陪在我身边……"

甘水用和之前相遇时截然不同的温柔嗓音郑重地承诺着,而梦境也就此结束。

召开会议的第二天,美世就如会议上所商定的那样开始了一种新的生活模式。

从今往后,美世白天也要在对异特务小队执勤所待着。具体来讲,她早晨要跟清霞一起出门上班,傍晚再一同回家。这么做主要是为了保护美世的人身安全。虽然有薰子贴身保护,但美世的活动范围依然十分有限,基本上她二十四小时都要同清霞待在一起,而这种情况让美世感到有些无所适从。

早晨,像往常一样在家吃过早餐后,美世跟着清霞一起出门到了执勤所。到此为止都还没有什么问题,但和薰子碰面后,她便要和薰子一起坐在清霞办公室的沙发上大眼瞪小眼。美世无

事可做,便望向办公桌,看着清霞一脸严肃地审阅桌上的文件。未婚夫在一旁拼命工作,自己却只是呆呆地坐着等他下班,这让美世如坐针毡。

虽然自己想帮清霞的忙,但美世觉得自己擅自行动也不好,毕竟,清霞的工作绝不是自己能帮得上的。美世本就是外部人员,而且还是被监护的对象,擅自行动恐怕只会给别人添麻烦。

"啊,我去泡点儿茶端过来吧!"

薰子举手示意后,笑嘻嘻地走出了房间。

"这种事我来就好……"虽然美世想这么说,但她连茶水间在哪儿都不知道。薰子那轻车熟路的样子让她十分羡慕。什么忙都帮不上,只能坐在沙发上单方面接受他人保护,这一认知让美世觉得相当郁闷。

自己真不争气!正当美世闷闷不乐时,托着托盘的薰子利落地回来了。

"让你们久等了!"

她先走到清霞身旁,将杯子放到了他手边。

"队长,我记得你喜欢咖啡吧?"

"啊,谢谢,亏你还记得!"

上一瞬还在皱眉处理公务的清霞,此刻绽出了开心的笑容。他在工作时还会露出这样的表情啊?美世不禁有些吃惊。

薰子看起来也很开心。

"不客气,和队长有关的事,我可都很上心呢!"

"你呀……"

薰子一脸坏笑地揶揄清霞,看起来十分可爱。拿上司打趣虽然不是什么值得夸奖的事,但在美世看来,清霞似乎并不介意。

他们俩感情真的很好吧?仔细想来,美世对工作中的清霞是何模样一无所知,她也不知道清霞会喝咖啡。美世并不会冲泡咖啡这种时髦的饮品,所以家里只有绿茶。美世和清霞是在今年春天认识的,到现在还不满一年,这样一想,曾跟清霞并肩作战的薰子肯定比美世更了解清霞吧。不过,话说回来,婚姻本就是这么回事吧?大家都是跟陌生的对象相亲,然后结为夫妇,再通过婚后生活互相了解。尽管头脑很清楚这一点,但看到薰子与自己的差异,美世还是觉得胸口堵得厉害。

"美世小姐,请用。"

"谢……谢谢您!"

为了掩饰自己的阴郁,美世努力挤出笑容,礼貌地接过薰子手中的茶杯。

这样不行的!薰子都这么友好地招待我了,我不能阴着一张脸把气氛弄僵,而且清霞也是信任薰子才会请她来当我的贴身护卫的,这正是他为我着想的表现,我不应该再有什么不满。我必须找点儿自己能做的事!美世暗暗打算着。

在美世看来,自己就算没法协助清霞处理军务,也至少能做

一些杂务,比如端茶、捏肩等等。只要不出执勤所,就不会离开大家的视线,即使出现什么情况,清霞也能立刻赶到她身边,应该是很安全的。

好!在心里给自己加油打气后,美世重新振作起来。

她一口气喝完杯中的茶水,从沙发上"噌"地站了起来。

"那……那个,老爷。"

"有什么事?"

清霞的眼睛始终没有离开桌上的文件,但美世没有退缩,她继续说道:"请您也给我分配点儿工作吧!"

听到美世的发言,清霞猛地抬起头来,正对上美世恳切的眼神。他叹了一口气,放下了手中的钢笔。

"不行。"

"为……为什么呀!"

"因为你会有危险。"

"可是……"

"没什么可是。甘水已经盯上你了,现在,可能就是这个瞬间,他正在伺机而动。"

清霞的口气并不强硬,但被他这么一说,美世再也说不出什么了。对于作战准备什么的,美世一窍不通,只能遵从这个方面的专家——身为军人的清霞——的指示。可就这么妥协的话,以后她都只能像个雕像似的坐在这里了。

"怎……怎么都不行吗?"

"你也太勤快了些,你平时总是努力过头,趁现在这个机会放松一下不行吗?"

"放松……"

没有比这两个字更让美世困扰的了。对她来说,放松一下远比让她继续工作困难得多。

"之前在别墅的时候,你也是忙忙碌碌的。"

"但那时候和现在情况不同……"

"你最近真是特别不听我的话。"

看到清霞皱起眉头,一副闹别扭的样子,美世瞬间失去了反驳的勇气。

她并不是什么特别爱干活的人,只是在美世过去的人生中,"放松一下"这样的概念完全不存在。因此,就算突然告诉她可以随意休息,她也只会觉得不知所措。毕竟,比起什么都不做静静地坐着,让她干点儿什么更能让她放松下来。更何况,她也有自己的想法。

"可是,我也想帮着做点儿什么,毕竟我身上也流着薄刃家的血!"

问题不在于甘水可能是自己的亲生父亲或是甘水本身是什么样的人,而是薄刃家,特别是祖父义浪和新愿意认可自己是这个家的一分子。所以,面对同样是薄刃家系一分子的甘水,美世无法坐视不管。身为薄刃家的血脉,她认为自己有应该背负的职责,她也想去背负这份职责。

"但是……"

"这不是挺好嘛,队长!我会在一旁好好守护美世小姐的!"

薰子用拳头捶着自己的胸口宣誓道,那样子看起来相当可靠。

"阵之内小姐!"

有同样身为军人的薰子支持自己,清霞肯定会同意吧。美世稍稍放下心来。可下一刻,她便意识到自己太天真了。

"阵之内,你想得太简单了!对方可是甘水直!不管你多么强,在他面前都不堪一击!只要一个不留神,瞬间便会丧命,你明白吗?"

"我并不是想得简单,也知道对方有多恐怖,只是我认为,强制被监护人一味地忍耐着安分守己,并不等于在好好保护她。至少,我认为护卫工作不是这么做的。"

"……真是狂妄自大!"

"再怎么说,在旧都,我也是个数得上的女军人!毕竟,每天我都在接受严格的训练!"

"拜托您了,老爷。我不会给大家添麻烦的。我一定会听阵之内小姐的话,绝不会离开执勤所半步的,所以……"

听到美世这么央求,清霞一脸无奈,只得叹了口气。

"哎,真拿你没办法。但是,我不能让你接触军务,所以你只能做一些很简单的杂务,这样行吗?"

"好!我愿意!"

看着立马同意的美世,清霞无奈地扶住了额头。

看到清霞的反应,美世觉得自己似乎又给清霞添了不必要的麻烦,让他担心了。而事实似乎也确实如此。她那满腔热血瞬间冷却下来,只想道歉并收回之前说的话。

"美世,你又在想些没必要的事吧?"

"咦?"

心思瞬间被清霞看穿,这让美世惊得双肩直颤。

美世总会不停地把事情往坏的方向去想,这可以说是她的毛病。在她的潜意识中,从一开始就抱有一个悲观的态度,便能将之后所受到的伤害降到最低。尽管她知道自己的思考方式太过负面、太过卑微,但她已经习惯了,很难改掉。

清霞像是理解了她的全部似的,只是微笑地看着她。

"美世。"

"是……是。"

"我也想做个能满足未婚妻任性要求的绅士,你别再在意了,好不好?"

这种对话在感情和谐的未婚夫妻之间很常见,没有任何特别之处,可是此刻,美世却觉得自己的脸颊像是有火在烧,烫得不行。她因清霞说自己任性而感到难为情,但看到他的微笑,又觉得他是打心底里疼爱自己的,这两种感情来回拉扯,把她的心挤来压去。

他是这么纵容别人的性格吗?美世觉得自己的心脏都要

不好了。在被清霞的宠溺搞到晕眩前,她慌忙移开了自己的视线。

"那……那个,好的。谢谢您!"

听到呼吸急促的美世好不容易挤出的回应,清霞很满意似的点了点头。

"不过,在开始工作之前,还是先让你熟悉下这边的环境比较好。你今天就先在执勤所里四处参观一下吧。"

"啊,这样的话,我就在担任美世小姐的贴身护卫的同时兼任向导吧!"薰子开朗地毛遂自荐道。

这次,清霞爽快地同意了。

"好,那就交给你了。"

"请您多多指教,阵之内小姐。"

"就交给我吧,我会好好给你介绍的!"

就这样,美世今天的行程变成了同自己的护卫薰子在执勤所里参观。

正当二人准备离开办公室时,清霞突然絮絮叨叨地叮嘱起来。

"记好了,我会一直待在这个办公室里工作,一旦有什么事,立马喊我!"

"是!"

"绝对不可以踏出执勤所半步,就算有贴身护卫保护,也不可以大意!"

"是！"

"那……那个,队长?"

"不管其他队员跟你说什么,适当回应下就好,简单地打过招呼就行了,明白吗?"

"是！"

"要是有人胆敢对你无礼,你就立马回来向我报告……"

"喂,队长！差不多就行了,再唠叨就没时间参观了！"

眼看清霞交代起来没完没了,再也受不了的薰子终于没好气地出声制止了他。

被部下制止的清霞明显露出了不悦的表情。

"阵之内,我说的这些都是非常有必要的注意事项。"

"不不不,我想您已经叮嘱得十分全面了,我一定会好好守护美世小姐的！对吧?"

薰子俏皮地向美世使了个眼色,美世便轻轻点了点头。

清霞偶尔会过度担心美世。美世知道甘水直是个极其危险的人物,看到清霞这么担心自己她也很开心,但她毕竟不是小孩子了,听着清霞这般事无巨细的叮嘱,她也稍稍有些不服气。

"……我知道了,你们一定要小心！"

说罢,清霞用宽大的手掌温柔地抚摸着美世的头。

老爷果然把我当小孩子看……美世不自觉地羞红了脸。

"好,谢谢您,老爷！"

"嗯。"

害羞到抬不起头来的美世跟薰子一起离开了办公室。

清霞目送着未婚妻和下属离去的背影,在办公室的门关上的同时轻轻叹了一口气。

自己究竟该怎么做?

清霞承认,对于美世他始终怀抱着怜爱之意。他想要守护遍体鳞伤的美世,想要好好地珍惜她,在和她一起生活、相互了解之后,这种想法始终未变。不过,在最开始的时候,这种"爱"并不是爱情。准确来说,在被父亲正清点醒之前,清霞对此浑然不觉。但被父亲点明自己对美世的感情是爱情后,他自己也意识到了这一点,从此便再也无法忽视这份爱意。

他将自己埋进宽大的椅子里,呆呆地望着自己的办公桌桌面。这辈子他都会好好珍惜美世的,这是他从一开始就决定好的事,但现在,他却忍不住渴求更多。他不敢奢求美世也能以同样的心意回应自己,他只想让她不再受到伤害或掉眼泪,他想好好珍惜她,不让她卷入任何危险之中。可以的话,他甚至希望美世永远不要离开自己的视线,一直待在他身边。

这是多么可怕的想法,自己究竟在想些什么啊!清霞的内心突然涌起羞愧之情,他不禁抬头仰望高高的天花板。

美世每天都在成长,现在的她已跟刚到自己身边时截然不同。无论是谁,都会认可她是一名优雅温婉的淑女。她已经能够大方自然地同其他人相处了,这是美世希望做到的,也是自己渴望看到的,但在内心的某个角落,清霞却祈祷美世可以就这样一直待在他身边,哪儿都不要去。要是能把美世关进一个甘水直或其他人都无法触及的地方,他就能彻底放心了。

自己竟然在想这些……这都是只想自己安心而生出的下流欲望。清霞摇了摇头,试图甩掉自己的邪念。

尽管甘水直的发言及这个危险人物的存在让美世害怕不已,但她始终按捺着恐惧的情绪,表现出坚强的一面。每当看到这样的美世,清霞就忍不住开始思考,究竟该怎么做才能保护她,让她远离这一切的恐惧和悲伤。

总之,美世已经在改变了,即使是刚认识的薰子,她肯定也能与之相处得很好。就算二人是订过婚的关系,自己也没有资格限制她的自由。

所以,这样就好。在春天来临前,自己一定要抓到甘水!既然不想让美世伤心难过,他现在就应该集中精力,尽可能快地解决掉甘水和异能心教。

想到这儿,清霞再次将视线集中到手边的资料上。

还有一个关键的问题:甘水到底是不是美世的亲生父亲呢?

如果他真的是美世的亲生父亲,那现在的一切都可能被彻底颠覆。仅从调查结果来说,根据薄刃澄美的结婚时间及美世的出生时间推断,美世的父亲大概率就是斋森真一。不过,凡事都有例外,无人能确定薄刃澄美在出嫁后有没有与甘水私会。倘若甘水真的是美世的亲生父亲,他就可以凭借父亲的身份对美世行使监护人的权利。但换一个角度想,如果甘水是基于某种目的才宣称美世是自己的女儿,那就表明美世的确有令甘水望眼欲穿的资本。无论是哪一种情况,事到如今,美世都无法置身事外。

自己该怎么办?在尽可能不让美世陷入危险的情况下,与甘水交锋并逮捕他的方法真的存在吗?

清霞陷入找不到出口的沉思之中。

是心理作用吗?美世总觉得此时的自己脚步飞快。

看着美世那像是要逃离清霞的关心般飞速前进的背影,薰子不禁轻笑出声。

"原来,队长在自己的未婚妻面前是那种样子呀,真让人意外!"

"……老爷工作的时候,肯定不是这样吧?"美世停下脚步,用手挡住自己发烫的脸,转过身轻声问道。

"那当然!队长平时可是个对自己跟别人都很严格的人!"

"他对阵之内小姐也很严格吗?嗯……因为,阵之内小姐……嗯……过去曾是老爷的未婚妻候选人……"

虽然这是美世不想触碰的话题,但她实在太在意这件事了,还是一不小心问出了口。

自己真是个傻瓜!话音刚落,美世就有些后悔了。

要是薰子回答"是啊,他对我也很严格",自己肯定会忍不住想象二人在一起工作时的场景;但要是薰子回答"对我倒不是很严格",自己也会因知道薰子对清霞来说是个特别的存在而感到苦涩。真是没有比这更傻的提问了,自己的内心会不会已经被薰子看穿了呢?

没想到,薰子若无其事地大笑起来。

"他可从没像对你那样纵容过我的任性要求。所以,刚才我真是吓了一跳呢!我还是第一次见到那位久堂大人用那么温柔的表情同别人说话,而且之后他还唠唠叨叨的像个老母亲似的叮嘱个没完,我真想问问他这几年到底经历了什么!"

薰子用手抚着后脑勺,爽朗地哈哈大笑着,那笑容十分耀眼。

"是……这样吗?"

"对啊,不过我也清楚,队长虽然看着很严厉,但其实是个相当温柔的人。"

无意间看到薰子一脸温柔的模样,美世的心微微刺痛了一下。得知她也注意到了清霞的温柔后,美世总觉得自己无法直面薰子了。对话就此中断,二人再次迈开步伐。

过了一会儿,薰子突然用拳头轻敲了一下另一只手的掌心,说:"啊,对了!有一件事我一直都想对美世小姐说来着。"

"什么事呀?"美世仰视着走在自己身边的薰子问道。

在女性中,薰子算是比较高挑的,她闪着满是期待的眸子望向美世。

"其实啊,我们年龄相仿呢!我今年二十一岁!"

"啊……是呢!确实!"

美世明年就满二十岁了,薰子只比她大一岁,说起来,迄今为止,在美世的人生中还没怎么结识过同自己年龄相仿的女孩。再怎么回忆,她所认识的年龄相仿的人也只有念小学时一起游戏的玩伴、娘家的用人们及妹妹香耶。能像这样认识薰子,同她聊天,真是相当难得的机缘。

"我觉得我们的共同点相当多呢,比如到了这个年纪还没有结婚,都是异能者,还都是大美女!"

听到薰子的话,美世也忍不住跟着笑了起来。她从未觉得自己是个美女,但薰子这句不带任何挖苦讽刺的玩笑话,让她单纯地觉得很开心,也很好笑。

"所以,嗯,我想说的是,我觉得我们应该能成为好朋友吧!"

"朋友……吗?"

"嗯,毕竟之后可能在相当长的一段时间,我们都要朝夕相处。而且,我觉得我们挺聊得来的,如果能建立起良好的关系,今后的相处也会更轻松愉快吧?"

"……啊,嗯!"

"而且,我没什么朋友,如果美世小姐能和我做好朋友,我会很开心的!你就当是帮我个忙,跟我做朋友好吗?"

薰子停下脚步,微笑着朝美世伸出了手。

但美世却犹豫了。该不该回握这只手呢?就算薰子说想同自己交朋友,可自己过去不曾交过朋友,具体要怎么做才算是建立了朋友关系,她一无所知。

尽管如此,她的犹豫也只存在了一瞬间。美世怯生生地伸出自己的右手,握住薰子伸过来的手。

"若您不嫌弃……今后还请您多多指教。"

"太好啦!成了!我才要请你多多指教呢!"

看到薰子那打心底里散发的喜悦以及开心到几乎要跳起来的模样,美世觉得自己做了一件很棒、很对的事。

薰子不仅身姿挺拔帅气,同时还有小女儿家活泼可爱的一面,美世越发觉得她真是一位相当有魅力的美人。

"那……可以不要再对我说敬语了吗?你就随意地跟我说话就好了!还有,也不要再叫我阵之内了,直接喊我薰子吧,行吗?"

薰子用双手握紧美世的手,带着笑容的漂亮脸蛋不断向美世贴近。被薰子的美貌震慑住的美世,只能愣愣地点了点头。其实她觉得薰子不需要在意敬语之类的事。一方面,论及社会地位,虽然她现在是清霞的未婚妻,但她娘家的势力很小,想必地位远在阵之内家之下。另一方面,在这里薰子是军方人员,而她只是一个不相关的外部人员,就算清霞让薰子贴身保护自己,也不代表自己的身份地位高。

"真的吗?谢谢你!呼,没被拒绝真是太好了!美世小姐真是个温柔的人!"

"没有啦,本来我们就没有地位高低之分,不过……那个……直接叫你的名字有点儿……"

"啊,会不好开口吗?"

"也不是这个问题……"

"请一定要叫我薰子,拜托!其实,我不太喜欢别人用姓氏称呼我。"

"唉?这……这是为什么呀?"

阵之内是个相当有地位的家系姓氏,没理由嫌弃呀?

正当美世大感不解时,薰子耷拉着眉毛,用手指挠了挠自己的脸颊。

"嗯,该怎么说呢?阵之内这个姓氏给人感觉太严肃,或者说太有气势了……"

"这样呀!"

从字面上看,阵之内确实不像什么可爱的姓氏。虽然看着挺拔帅气,但薰子似乎意外地像普通小女生那样更希望自己可爱一些。

原来如此!

或许察觉到了美世的恍然大悟,穿着军装的美人有些焦急地再次开口道:"嗯,哎呀,总之请叫我薰子!"

"好!"

看到美世点头,薰子像是终于放心了似的松了一口气,接着便催促美世:"我们快点儿走吧!"

二人踩在走廊的木地板上,发出"咯吱咯吱"的响声。走了一会儿后,她们便来到了挂着"茶水间"指示牌的大门前,这便是她们的第一个目的地。

"那么,美世小姐,首先要带你参观的是这间茶水间!"

薰子兴致勃勃地向美世介绍着,开心地推开茶水间的大门,可在大门打开的瞬间,她解说的音量突然变小了,整个人也跟着愣在原地。

看到薰子的反应,有些担心的美世探着头往茶水间看去。

没有开灯的房间相当暗,仅从门外也能感受到里面浑浊的、阴冷潮湿的空气。美世定睛一看,发现里面到处都是随意堆放的杂物,只勉强留有一小块地板可供人走动,整体上可说是杂乱不堪。

不过,这样的光景只在美世的视野中存在了一瞬间。"嘭"!薰子反应敏捷地用力关上了茶水间的大门。

"啊,对啦,我竟然忘了,现在茶水间不能用啦,哈哈哈哈……"

转身看向美世的薰子,面部表情看起来相当僵硬,语气也尴

尬到了极点。说茶水间不能用了,这个理由也太牵强了一些。执勤所里也配有小型厨房和小型食堂,或许也可以在那里冲泡茶饮或咖啡,但刚才替清霞和美世准备饮品的不正是薰子本人吗?她怎么可能粗心大意到忘记这种事情。不过,从刚才的那片狼藉来看,这里或许确实不能使用了。

"哎呀,给你介绍没法用的地方也没什么意义嘛,哈哈哈哈……"

薰子的视线不断在半空中游移,解释也越发牵强,美世只是傻乎乎地望着她。

如此持续了数秒后,薰子像是放弃了挣扎似的开口问道:"你都看到了?"

美世有些犹豫地点了点头。

"……是的,我看到了。"

茶水间里一片狼藉的样子,恐怕是不太适合让外人看到,这点美世也能理解。

听到美世肯定的回答,薰子双肩无力地低垂下来,投降似的再次打开了茶水间的大门。

"容我解释一下,军队嘛,基本都是大老爷们儿,所以很多事都顾不上。"

这个执勤所里面清一色都是男性。打扫、洗刷等工作似乎是大家在轮流干,不过男性还是干不了家务的人更多。再加上这里都是军用设施,很多都是无法对外公开的机密,因此也不方便从外面雇打杂的人员来干活。就算交给实习兵或新人,因为对异特务小队常年处于人手不足的状态,军方需要他们立马能够奔赴战场,所以也没有多余的精力去处理杂务。

"确实……乱得惊人……"

再次看到茶水间的全貌,美世感受到了什么是杂乱无章。如果只是想在这里烧一壶水、泡个茶什么的,倒也没问题,但是这里到处是灰尘和霉菌,卫生情况实在是一塌糊涂。

薰子叹了一口气,为了眼不见为净,再次关上了茶水间的门。

"好像从我以前还在这里的时候起,这间茶水间就没被人打扫过。"

"唉?那得有四五年了吧?"

时间长到超乎了美世的想象。在这么长的时间内,若是只做最低限度的、只是让茶水间勉强维持能站人的状态的清洁工作的话,最后就会变成这样吧。

看到美世吃惊得以手掩面的样子,薰子耸了耸肩说道:"所以,让你继续看这个脏乱差的地方也没啥意义,咱们去下一个地方吧!"

"好的。"

在点头同意薰子的提议前,美世原本是想自告奋勇地说自己可以来打扫下这里,但考虑到清霞之前叮嘱的那些事,最后还是决定先放弃。毕竟时间有限,薰子才带她参观了第一个地点,

其后她还要回到清霞的办公室呢,而且,不经过清霞的同意擅自行动可不行。

"好啦,接下来我们要去……"

在薰子的介绍下,参观执勤所的行程比美世想象的要有趣得多。继茶水间之后,她们又去参观了行政办公室、资料室、中庭、厨房及食堂。虽然没能进到更衣室和仓库里参观内部构造,但薰子率先侦察这两个地方时都惊呼"好脏",美世大概也能想象到这两处可能和茶水间的脏乱程度差不多。

此外,美世发现这里的食堂虽然规模不大,但看着既美观又整洁。听说这个执勤所的食堂里雇佣的厨师是已经退役的男兵。薰子带着美世去找厨师打招呼时,厨师刚好不在,所以没能见上面。据说这位厨师有着工匠精神,凡事都要求尽善尽美,反倒有些不好相处,不过也正因为他追求完美,才会将食堂和厨房打扫得这么整洁漂亮。

"这里的食堂伙食非常好,特别好吃。虽然旧都的执勤所提供的外卖便当也不错啦,但是远远比不上这边现做的饭香!"薰子一脸陶醉地夸赞着。

听到她这么说,美世脑中突然闪过了一个念头:那……那会不会老爷其实更喜欢这里的饭菜呢?

便当无论做得多么美味,到了中午也冷掉了,能吃到新鲜出炉、热乎乎又香喷喷的饭菜的话肯定更好。之后一定要问问清霞的想法!美世一边这么想着,一边跟着薰子继续前行,不经意间,她察觉到一件事:似乎一直有人盯着她们。

她跟薰子走在走廊上或去到不同的部门打招呼时,每去到一个地方,她都能感受到来自小队队员没礼貌的、上下打量的视线。这是昨天不曾感受到的视线。或许像薰子说的,这里都是男性,突然出现两个女人到处乱逛,他们觉得很罕见。但美世觉得,比起好奇,这些视线中似乎夹杂着她曾在斋森家感受过的那种阴暗负面的情绪,这让她有些在意。

"那么,最后是武道场。"

薰子的导游工作就要告一段落了。考虑到自己不善言辞的性格,美世其实一直在担心薰子会不会觉得今天过得很无趣,但看到薰子一整天脸上都挂着笑容,似乎乐在其中,她终于稍稍安下心来。

"武道场是我最喜欢的地方,所以我用它来作为收官之站!"

"你最喜欢?"

"嗯,我的本家就在经营武道场。我从小时候起就整天泡在武道场里,可以说这里是最能让我平静下来的地方。不过这么说的话,大家都只会露出'果然是个男人婆'的表情就是了。"

"因为薰子小姐很帅气才这样吧?"

"哈哈哈,他们才没人夸我帅气呢!通常,他们只会说我像个大老爷们儿!"

薰子半开玩笑地吐槽着,虽然她脸上带着笑容,可看起来似乎很是落寞。确实,身为女性却被说像个男人,是很难让人接受

的。虽然说者可能无心,听者却会有意。看着薰子落寞的样子,美世决定问一件她从昨天开始就很好奇的事。

"那个……说起来,我一直以为军人只招收男性呢,除了薰子小姐,还有其他女军人吗?"

一般情况下,能当兵的只有男人,会这么想并非是因为美世见识浅薄,而是现实情况确实如此。而且,这个执勤所里也只有男性更衣室和洗手间,并没有为女性准备的配套设施。

听到美世的提问,薰子也点头回应道:"嗯,是这样的。一般情况下,女性是无法从军的,所以你的认知并没有错。但是,对异特务小队的情况比较特殊,在旧都,除了我,还有其他女军人存在。"

"特殊?"

"对!因为异能者本身就很少,所以只要战斗力达到军方认可的程度,女性也可以加入对异特务小队。只要是异能者,就算是女性,也比不擅长战斗的普通男性要强得多,站在国家的角度,让女性异能者参军,他们可以自由调配的战斗力也能增加。而且,只要有能力,学生也可以在对异特务小队工作,只是待遇不及正式入伍的军人罢了。"

"学生也可以?"

"对呀,像我也是很早就开始在对异特务小队充当助手了,大概十四五岁的时候吧?不过,不管是做助手的学生还是女军人,数量都很少,你也看到了,现在这里也只有我一个女生。"

原来如此。美世明白了。美世也是跟清霞相识后，才知道自己有异能，也了解了异能者的处境有多么特殊。异能者的主要任务是消除异形，在战争中充当强大的人形武器。所以，为了使异能者听命于军方，上面才成立了对异特务小队。

虽然薰子没有明说，但美世还是隐约有所察觉，虽然女性异能者也能成为战斗力，军方也允许有能力的女性异能者加入对异特务小队，但上面其实更希望她们早些结婚，然后孕育出新一代的异能者。大家也都认为这是她们理所应当的责任。大概也正因为这样，女军人才会如此罕见吧。异能者虽然被重用，也拥有很多特权，但他们并没被当作一个"人"来看待，在普通人眼里，他们可能更像是怪物。想到这些，美世满心苦涩地跟在薰子后面，走进了武道场。

"看，就是这里！"

武道场占地面积很大，独立于其他建筑之外，与执勤所通过一条户外走廊相连。里面约有十名队员，身穿武道服的他们有的持木刀对打，有的用空手道交锋。

"他们用的不是竹刀啊？"

"因为大家不是在练剑道，而是在实战演练，训练的都是实战中要用到的攻击技能。"

正在二人闲聊时，一个低沉的声音从薰子身旁传来。

"阵之内，你来了呀！"

声音的主人不算太高，但体格健壮，一看就是经常锻炼的

人。不同于大家常说的"四肢发达,头脑简单",男子的长相让人觉得他非常睿智。美世记得自己在昨天的会议上见过他,好像是那位叫百足山的班长。

"百足山班长,辛苦了!"

"你也辛苦了,时隔这么久,再次回来觉得很辛苦吧?"

"哪里的话,我现在干劲十足,一点儿都不觉得累!"

百足山讪笑了几声,突然转头望向美世。

"哎呀,这不是队长的未婚妻吗?抱歉,问候迟了。"

"……您好。"

美世轻轻鞠躬问候,百足山却不动声色地打量着她,像要看穿美世的内心似的。

"你好,我是班长百足山,你们来这里是要干什么呀?"

百足山微微眯起双眼,进一步释放压迫感。不知是不是自己多心了,美世总觉得他在试探自己。不,他就是在试探她,试探身为清霞未婚妻的她,也试探身为薄刃血脉的她。确实,美世的身份特殊,他这么做也没什么问题。

"啊,今天薰子小姐带我熟悉一下执勤所的布局,正好参观到这里。"

听到美世冷静的回答,百足山只回了句"这样啊",随后便拾起一把立在墙边的木刀,递给了薰子。

"阵之内,好久不见,来一局怎么样?"

"啊?但我还有公务在身。"

"你就打算那样站在那里旁观呀?不勤加练习的话,身体会迟钝的吧!我会暂时帮你守护这位未婚妻小姐,你去打一场吧!"

"嗯,就算你这么说,我也……"

思考一会儿后,薰子最终还是犹豫地接过了木刀。

"那……恭敬不如从命,我去打一场。"

说罢,薰子脱下军装外套,随手扔向墙角,利落地挽起了衣袖。

在百足山的示意下,一名才入队两年的年轻队员来充当薰子的对手。

"请多指教。"

"请多指教。"

二人互相行礼后,比试正式开始了。

就连美世这种外行人也能看得出那名年轻队员似乎格外在意薰子,从一开始就主动进攻,非常凶狠。但薰子这边倒是一派轻松,很轻易地躲开了对方所有的攻击。

薰子好厉害!美世在心里由衷称赞着。

薰子的能力肯定相当强,目前为止,她一直是游刃有余的模样。不知不觉中,武道场里的其他队员也都开始兴致勃勃地在一旁观战。

"加油啊!"

"输给女人可不行!太丢人了!"

围观者的吆喝声此起彼伏。

"未婚妻小姐,你觉得哪一边会赢呢?"

身旁突然传来提问,美世吓了一跳,她没想到百足山会同自己搭话。虽然只是二选一,但美世还是觉得难以回答。男女之间先天有着体能、力量上的差异,可在美世看来,薰子尚且有所保留,她至今只是一味躲闪对方的攻击,并没有做出过回击。

思考了一会儿后,美世答道:"我觉得,会是薰子小姐吧!"

将自己的推测老实说出口后,身旁的百足山只是平静地点了点头。

"啊,应该是吧。论实力,阵之内远在对手之上……要是她不是个女人,应该很快就能出人头地!"

要是她不是个女人?

百足山这无心之言,却深深扎根在了美世的脑海中。他是在说,只要生为女子,不论实力多么强、天赋多么高、努力多么久,都没有任何意义。即使是不谙世事的美世,也明白了他的言下之意。

"不过,她现在这样,多少也是因为你。"

"什么?"

美世转头仰视百足山,正对上他俯视自己的眼睛。那双眼睛里没有任何感情,虽然他注视着自己,但眼神里却透露着他对自己毫无兴趣。不,比起这个,他说薰子现在这样,多少因为自己是什么意思?

百足山用懒洋洋的口气继续说:"我的意思是,有很多队员觉得你在执勤所里到处乱逛让人很困扰。"

"困扰……"

"毕竟我们也没义务招待你,不是吗?对,你是队长的未婚妻,所以不会有人公然对你做出什么失礼的举动,但这是我们最大的让步了。让一个外部人员,而且还是个没有战斗力的女性在执勤所待着,只会给我们添麻烦。我非常能理解其他队员的感受,我们都以选择了这份工作并在这里尽忠为荣,所以……"

美世垂下视线,盯着自己的脚尖。

"况且,你还是那个薄刃家的血脉。换句话说,你虽然是异能者,却是异能者的公敌!"

美世彻底愣住了。

"看到这种人在自己身边走来走去,恐怕没有一个异能者会觉得舒坦。"

"公敌……"

这个词的重量,压得美世全身的血液似乎都凝固了。

这是她第一次听到有人这样形容薄刃家,但是,她也没法反驳这种说法。说到底,薄刃家的异能,是为了在突发情况时紧急制裁其他异能者而存在的,美世所拥有的见梦之力也是用来进行制裁的。虽然她现在发动异能的技巧还不够纯熟,所以还无法自由运用这种能力,但理论上,只要是进入睡眠状态的对象,她都能掌握生杀大权。所以,别人才会觉得她很可怕、很讨厌、

很让人不爽。

此刻,美世才意识到,其他人对她抱有的那些阴暗、负面的情绪以及仇视、抵触的心理都是很正常的。这想必就是薄刃家渐渐抛头露面后不得不面临的困境。

"我并不是想以偏概全、不分青红皂白就给人定罪,但是希望你能记住,这里有怀抱着这种想法的人,所以你不要试图做什么多余的事情。"

"……好。"

被百足山警告后,美世低垂着眼帘。

他说的对。美世终于明白了在参观途中感受到的那些视线意味着什么。

因为自己是薄刃家的人,所以这些无可避免。可对美世来说,就算薄刃家在外人眼中是手段强硬的家系,薄刃家却将自己当作家人珍视,对自己恩重如山。除了感恩,她对薄刃家没有其他想法,更不曾觉得恐惧、想要疏离。但是,这一切也只是因为她缺乏身为异能者的自觉,对异能者的世界尚不了解罢了。此前,美世想要在这里工作、帮忙做点儿杂事的想法,大概正是百足山口中的"多余的事情"。即使得到了清霞的许可,其他队员恐怕也不会对美世有所改观。

也许自己真是太任性了!美世忍不住轻轻叹了一口气。

就在这时,观看比试的队员们沸腾了。薰子似乎看准了时机,抓住对方的破绽,瞬间击落对方的木刀,取得了胜利。

"多谢指教。"

"啧……多谢指教。"

年轻的队员一脸愤恨地看着薰子,但薰子却毫不犹豫地转身离开了。

望着薰子帅气的背影,不服气的年轻人涨红着一张脸,用力踢着地板泄愤。原本在一旁观战的其他队员也都一脸不悦地咒骂起薰子来。现场的气氛变得有些紧张起来。

"薰子小姐,辛苦了。"美世将毛巾递给走过来的薰子,出声祝贺道。

薰子朝美世露出了一个灿烂的笑容。

"谢谢!"

看到她似乎没将其他人的反应放在心上,美世也稍稍放下心来。

"果然,跟人比试最开心了,舒展舒展筋骨真是不错……百足山班长,谢谢你给我安排的对手。"

"看到你的身手没有退步,我真是很欣慰。"

"难道你不觉得我比以前更厉害了吗?"

"这可不好说。"

二人有说有笑,完全不像有什么隔阂。百足山那句"我并不是想以偏概全、不分青红皂白就给人定罪"想必是真心的,至少美世觉得,他并不想对任何人抱有偏见,不然也不会堂堂正正地认可薰子的实力。

但自己既没有薰子那样的战斗力,也无法自由运用自己的异能。诚如百足山所言,什么都做不了还被甘水盯上的美世,只会给他们带来麻烦。说得极端一些,她简直是个烫手的山芋。一直以来,她觉得自己作为清霞的未婚妻,还是应该做些力所能及的事。因此,无论再怎么请求,再怎么被说是逞强,她也想在自己的能力范围内,尽到自己全部的力量。但现在,美世觉得有些焦躁,好像只有自己不应该出现在这里。

被迫认清现实后,她觉得被清霞如此信赖的薰子让她嫉妒得快要发狂。

太阳落山后,美世跟着清霞一起回了家,到家后却发现百合江还在家中。

"少爷、美世小姐,欢迎回家。"

看到微笑着在玄关欢迎自己回家的百合江,美世觉得十分安心,原本紧绷到极点的情绪在这个笑容面前瞬间缓和下来,她觉得自己终于能顺畅地呼吸了。

"我们回来了。"

"百合江婆婆,我们回家了!"

夜幕降临后,室外的温度也跟着降低了许多,但家中却相当温暖,美世竟有些想落泪。

"少爷,来,快换上便服吧,美世小姐也赶紧到屋里休息一会儿吧!"

"啊,不用的,我来帮您的忙吧!"

看到百合江起身准备做家务,美世连忙跟着她动了起来。踏进厨房后,她发现晚餐已经准备好了。

"美世小姐,今天很累吧?"百合江一边从柜子里往外取餐具,一边担心地问着。

"没有……"

美世乖巧地回应着,视线却盯着自己的脚尖。百合江会这么问,是因为自己看上去很累吗?但今天她并没干什么活。

"没有的,我一点儿都不累。"

平常,美世每天都要做大量的家务活,十分消耗体力,和这相比,今天她过得可以说是相当轻松了。所以,让她回家后感到筋疲力尽的原因,大概是所谓的精神压力吧。在薰子出现后,美世便觉得胸口好像压着一块大石头,加上百足山那番让她认清了现实的话,更让她觉得沮丧。想到这些,她不自觉地叹了一口气。看到美世的样子,百合江也"哎呀"一声,但她像担心吓到美世似的,立马掩住了嘴。

"美世小姐,请您在这里坐一会儿吧。"百合江指着放在厨房角落的一个小板凳,示意美世坐下。

美世被她这突如其来的举动弄得有些摸不着头脑。

"啊?但是……"

"离少爷换好衣服还要好一会儿呢!"

美世被百合江不容拒绝的笑容震慑住了。平时总是和蔼可亲的百合江,真的生气起来也是不得了的,对于这点,美世已经亲身体验过了。这种时候,唯一的选择就是乖乖听话。

"请您稍等一下。"

看到美世乖乖听话坐到椅子上后,百合江将某种液体倒进了锅里,然后生火煮沸。美世在椅子上呆坐了片刻后,百合江将一碗热气腾腾的"汤"递给了她。

"美世小姐,请用!"

"百合江婆婆,谢谢。"

想都没想便接过碗来的美世在看清碗里的"汤"后,瞬间瞪大了眼睛。碗里盛着满满当当的白色液体,热腾腾又黏糊糊的,还不断散发着甜美的香气。

这是甜米酒!

美世双手捧着碗,温热的暖意从指尖慢慢扩散,直至心间。

"现在天气已经很凉了,这是我今天特意买的呢!"

"对不起,我本来说是过来帮忙的……"

"别在意这些啦,快,趁热喝吧!"

看着百合江的笑容,再次放松下来的美世捧着碗靠近嘴边。热乎乎的甜米酒甘甜得似乎能融化人心,舌尖上残留着米粒独特的口感,美味极了。自己究竟有多久不曾尝过这么甜蜜的滋味了呢?

"真好喝!"

美世呼出暖烘烘的气,开心地笑起来。这甜腻的味道仿佛可以驱散心中所有的苦涩,融化胸口沉重的巨石。百合江温柔体贴的善意感动得美世几乎要落下泪来。

"嘿嘿,这东西真是买对了!"

美世回给百合江使之安心的笑脸后,继续小口小口地慢慢啜饮着碗里的甜米酒。待露出碗底,她觉得自己心中的阴霾也被驱散了不少,整个人轻松了许多。

"百合江!"

这时,厨房入口处传来了呼唤声,美世一转头,看到换好家居服的清霞已经站在了那里。

"哎呀,少爷,你怎么来了呀?"

"……已经很晚了,你要回去的话,我送送你吧。"

"哎呀,已经这么晚了!"

说起来,美世和清霞回来的时候,外头已经完全黑了。美世迅速从小凳子上站起身,将碗放到厨房的洗涤槽里。

"百合江婆婆,剩下的事我一个人就应付得来。"

"啊,也是,那就交给美世小姐了!"

"美世,你跟我一起去送她。"

"唉?"

看到美世一脸不解,清霞顿时气不打一处来,眯起眼睛走到她跟前。

"你忘了自己已经被甘水盯上的事了吗?"

"不是的,我没忘,但……您只是离开一下,没……"

百合江家离这里并不远,而且因为现在天黑得早,她家里人也会走到半路来接她,所以,清霞出去片刻便能回来。美世绝没有掉以轻心,只是,她很难想象甘水会感知到这么短的间隙,从而乘虚而入。可是,美世越解释,清霞的脸色就越难看。

"不行,你必须听我的话!"

清霞的语气前所未有的严厉。他一直担心着美世,随时准备拼死保护她,所以,美世不应该违背他的意志,毕竟她没有自保的能力,自己采取这种强硬的手段也是理所当然的。

可是,美世却没往这方面想。在今天亲眼看到清霞对薰子如此信赖后,她总忍不住拿清霞对待自己的态度与之做比较,心中五味杂陈,难以言表。

"……我知道了。"

自己为什么会这么在意清霞跟薰子的相处呢?美世实在看不清自己的感情,只是点了点头。

顺利将百合江送回家后,美世同清霞沐浴着星光,一齐走在黑漆漆的路上。去时因为有百合江在,三人还会说说笑笑,但只剩下美世和清霞后,二人便沉默了,空气中弥漫着尴尬。

是我做错了吧……为了防止摔倒,美世一边注意着自己脚下,一边在内心默默反省着。从别墅回来后,发生了一连串的事,因为清霞的吻,她一见清霞就很害羞,加之现在又出现了让她非常在意的薰子,她变得无法再像以前那样面对清霞。

沉默在二人间流淌。

"那个,老爷……"

突然,美世想起了什么,开口叫住了走在她前方的清霞。

"怎么了?"

"……我是不是不准备便当比较好?"

美世说这事时并没想太多,白天她听薰子说执勤所食堂里的饭菜相当好吃,所以有些担心会不会清霞更愿意在食堂吃。

"啊?"清霞明显有些吃惊,停下脚步,转过头来,"为什么这么说?"

他的脸上是美世从没见过的表情,有惊愕,有动摇,有悲伤。原以为清霞会像往常一样简短地回答她的问题,不曾想他竟会有这么大的反应,美世有些不解。

"嗯,因为……那个……今天听薰子小姐介绍了执勤所的食堂。"

在美世冒着冷汗结结巴巴回答的同时,清霞一直死死盯着她。

"所以?"

"薰子小姐说食堂的饭菜超级好吃,所以我想老爷您会不会更……"

"没有的事!"

清霞直接打断了美世的话。

到底是什么让他这么不满呢?毫无头绪的美世只能呆呆地站在那里。

"没……没有……啊。"

"没有的事!美世,我是因为想吃你做的便当才吃的,比起食堂的饭菜,我更喜欢吃你做的便当。如果你觉得这是你的负担……或者你已经不想再为我做了,不做也没关系。但是,可能的话,我希望你今后也能继续为我准备便当。"

清霞真切的话语直击美世的内心。

原来老爷是喜欢我做的便当的!明明只是一件小事,美世却开心得不得了,嘴角也不自觉地上扬。

替清霞准备便当,本就是美世自作主张,若是清霞说不需要,她就会立马停止。但是,要是真的听到清霞明确说出不再需要她准备便当,她肯定会非常受伤。现在,知道了清霞是需要自己的,她简直开心到要飞起来了。

"是,今后也请允许我为您准备便当!"

"嗯。"

看到美世开心的样子,清霞也跟着扬起嘴角。

"美世,把手伸出来。"

"嗯?"

美世乖乖伸出一只手,清霞紧跟着伸出大大的手掌握住了她的手,然后轻轻将她拉到身旁。

"天这么黑,这样更安全些。"

"好……好的。"

老爷在和我牵手！弄清状况的瞬间，美世觉得整个身体都烧了起来，原本冰冷的手瞬间成了火源。

"……希望你……不要讨厌我。"

将注意力完全集中在二人相扣的手上的美世，没能听到走在前方的清霞的这句轻喃。

两人依旧沉默着，可气氛已同之前迥然不同，十指紧扣的二人舒适自在地踏上了回家的路。

第三章　和朋友的相处之道

"杂务"说着简单,其实包含了各种工作。不过,在执勤所里,美世能做的杂务实际上非常有限。

"果然,也只能做这个了!"美世用束带绑起和服的衣袖,自言自语道。

清霞给了她两个选择:打扫脏乱差的茶水间及一些其他房间,或者在资料室整理资料。犹豫了一下后,美世选了打扫卫生的工作。资料室里堆放的资料似乎都是与异形相关的报告书,这样的报告书日积月累,堆积成山,放任不管的话就会渐渐乱成一片纸海。清霞认为,整理这些资料的同时,美世也能多少学到些与异形相关的知识,更建议她选择这项工作。但即使有薰子协助,美世终究是个外行,她并没有自信做好这项工作。

在美世心中,她对整理资料这项工作有些畏惧,虽然浏览那些报告书能让她了解清霞在工作上的优异表现,但是美世很犹豫要不要涉足充满军事机密的资料室。她悄悄转动眼睛,偷瞄着脱下军装外套、挽起袖子的薰子。

她也知道自己不去在意比较好,可自从听说薰子曾是清霞的未婚妻候选人后,美世想要了解这段过去的欲望越来越强烈,她自己也意识到了这一点。

清霞的过去、清霞和薰子的过去……他们以前究竟是什么关系呢?二人对彼此又怀抱着什么样的感情呢?会不会他们曾经是恋人呢?如果他们曾经是恋人,自己又该怎么办……

美世并没有要怪罪清霞或薰子的意思。不管他们以前是什么样的关系,都跟她没有直接的关系。这不是她能随意介入的事情,更没有资格开口责问谁。她不想过问,但又很想知道。

"唉……可怎么办是好……"

"什么?"

无意识的自言自语竟被人回应,美世吓了一大跳。

"薰……薰子小姐!请别这么吓人啦……"

"抱歉,我没想要吓你的,只是看你一脸沉重,所以想问问你怎么了。"

美世轻抚着因受到惊吓而心跳加速的胸口,转头望向薰子。

自己的表情看着很沉重吗?也是,自己现在确实十分困扰,薰子说的肯定没错,自己看起来肯定是一副苦大仇深的样子。看来,自己得注意一点才行,不然清霞也会平白为自己担心的。美世心想。

现在,就先努力完成自己选定的打扫工作吧。美世打起精神。细想起来,不管是在娘家、清霞的小宅子还是久堂家的别墅,

自己似乎无论走到哪里,都一直在做清扫的工作呢!不过,这大概也证明了这是她很擅长的工作吧!或者说,除此之外,自己并没有其他能做的事了。

美世突然觉得这样的自己很没出息,忍不住又陷入沮丧之中,双手也不由得握紧了拳头。但下一瞬间,为了甩掉这种心情,她赶紧催促薰子陪她开始工作。

"我没事的,我们赶紧开始吧!"

"好吧。"

薰子没有继续追问,只是朝美世点点头,推开了茶水间的门。

里面的情况,就如昨天看到的那样,可谓是一片狼藉。就连做过各种家务、堪称见多识广的美世,也不曾见过这么乱七八糟的房间。

"总感觉……无从下手呀……"

堆积如山、不知道里面究竟放着何物的木箱,外包装老旧褪色、但里面还剩有点心的甜品盒,布满霉斑的水瓶、木桶、碗、水杯……诸如此类的东西到处都是。墙上、地上、台面上满是不知什么液体蒸发、硬化后的痕迹,脏到辨不出本来颜色的抹布也东一块、西一块的,报纸等废弃物被水泡皱、发霉,见缝就塞,屋里还弥漫着一股难闻的味道……这真是教科书级别的"垃圾厂",完美地诠释了什么叫"一片狼藉"。要整理的话,首先要把室内所有的东西挖出来,但一想到或许会找到很多藏匿其中、不便被外人知晓的东西，美世便心下戚戚。

"真……要了命了……"

薰子用手扶着额头，一脸无奈地仰望天花板，试图逃避眼前的景象。

狼藉不堪的房间可不止这一处，执勤所肯定还有很多这种"垃圾厂"。这也证明对异特务小队的队员们平日除了工作，对其他事都不上心。不过，每个异能者都出生于历史悠久的名门世家，聚集在这里的又都是这些家系中的男性佼佼者，基于他们的出身背景，这些人不擅长打扫收纳也情有可原。就算向他们抱怨，也只是白费力气。

一味呆愣在这里，什么事情也解决不了。总之，不先找到一个能下手的地方，就永远开始不了，也永远没办法把这里打扫干净。

想到这儿，美世用手帕掩住自己的鼻子和嘴巴，鼓起干劲走进了茶水间。

她决定先把里面的杂物分类。餐具呀、抹布这类能清洗的东西就先拿去清洗，已经腐烂或接近腐烂的食物就收集起来埋进土里，没有被不明液体污染的纸张可以整理后再次利用，已经被弄湿或沾染上异物的纸张就只能丢掉了。

虽然眼前的景象让人望而却步，但下定决心后，美世和薰子就二话不说默默开动起来。

"这里有个干净的桶，我把布类的东西集中放到里面喽！"

"谢谢!这里有个空箱子,我把餐具放到这里吧!"

二人像这样做了最基本的分类后,便着手将体积较小的杂物分类放置到顺手找到的容器中,然后再将其移至茶水间外。走到走廊时,美世发现从外面路过的小队队员都在盯着自己。虽然大家并没有刻意停下脚步盯着她看,但是在他们路过茶水间外侧的时候,会放慢脚步观察这边的情况。

正当美世不安之时,几个从走廊转角处走来的男性队员正好跟前去提水的薰子打了个照面。

"果然,女人还是更适合做这种事。"

"少掺和男人的工作,四处逞威风!"

"有人能代替清洁工,真是帮了大忙了!"

这些队员特意用薰子能听到的音量对话,他们那极不尊重人的发言,让美世听了都觉得相当不爽。可被这样挖苦的薰子本人,脸上却还是带着笑容。

"如果我能帮上忙,被从旧都派过来也就值了!哈哈哈哈哈哈!"

"哈,要吹牛也要有个数呀,真搞笑!"

"再怎么虚张声势,女人就是不如男人!"

队员们哄笑着,路过薰子身边时,甚至还故意用肩膀撞了她。

太过分了!美世也听说过,对异特务小队奉行实力至上主义,只有有实力,才能被尊重。可是,刚才那些人的行为并不能算是强者对弱者的嘲讽。之前薰子同他们比试的时候也是这样,他们明明实力不及薰子,却总觉得自己比身为女性的薰子了不起。这让美世都为薰子打抱不平。

他们走后,薰子收起笑容,脸上闪过一丝暗淡的表情,但这表情仅存在了很短的时间,她马上又若无其事地再次向美世露出笑颜。

"美世小姐,我提来水了。"

"那……个,薰子小姐,我……嗯……"

那些人也太过分了!尽管这么觉得,但看到薰子特意装出的笑容,考虑到她的心情,美世便什么也说不出了。

"……谢谢你去提了水。"

"不客气的!"

鼓励的话或是安慰的话,肯定都会伤害到薰子的心。最后,美世只是安静地从她手上接过装满水的水桶。

其实,如果那些人只是嘲讽自己,美世倒是无所谓。毕竟,正如百足山所言,美世不但是个彻头彻尾的局外人,还是薄刃家的血脉,更没有让人心服口服的实力,所以别人对她有敌意也是没办法的事。她也已经做好接受风言风语的心理准备了,反正她早就习惯被当成外人,从懂事起,她就被周围的人抛弃了。

可是,薰子不一样!

美世很清楚,薰子以自己的工作为荣,恪尽职守,为完成任务愿意牺牲一切。如果不是这样,她也不会对自己这么真挚。

明明对工作这么尽力,却只因为是女性,就遭到否定,无法获得认同,这真的是太不合理了。

将茶水间里大部分的杂物都搬到外面后,美世拿起掸子着手扫除高处积攒的灰尘,薰子则在她旁边清洗带着污渍的物品。

"美世小姐。"

"嗯?"

听到薰子搭话,美世停下手头的动作,转头望向她。

"你有没有遇到过什么让你痛苦的事情呢?比如被说了什么过分的话啦、待在什么让人难受的地方啦……"

询问的同时,薰子没有停下干活的动作,也没有对上美世的视线,美世有些不明白她的意图。在这里待着很煎熬的人是薰子吧,刚才被人那么说,她不可能不伤心。

"……我不要紧的……"

"薰子小姐你呢……"尽管想这么问,但在即将说出口时,美世还是把话咽了下去。就算问了,自己也帮不上她的忙,还会让她尴尬。跟身为队长的清霞告状,或许能暂时改善现状,但这么做会让其他队员更加反感,这种事美世都能猜到。他们马上就会认为薰子是因为没有实力,才向地位较高的人打小报告。

"那就好,真是的……那些人真是让人头疼。"

"……我也不喜欢他们那样……"

将灰尘清理得差不多后,美世放下手中的掸子,拿起扫帚清扫落到地上的灰尘及地面原有的垃圾。

"我也不喜欢,每到这种时候,我都觉得生为女人真是很吃亏。"

"可是,薰子小姐实力很强啊!"

"我实力一般啦,没有个女孩样儿,但也没法成为男人。"

看着一边打扫一边明媚地笑着掩饰的薰子,美世明白了一件事。某种意义上,薰子跟待在娘家时的自己是一样的。无论内心多么难受、多么痛苦,都不能表现出来。为了保护自己的心,只能装成什么都感受不到的样子来欺骗自己。美世无法像薰子那样始终保持微笑,但两个为了生存而抹杀真实情感的身影却几乎能够重叠到一起。薰子总是做出一副活泼开朗的样子,并不是在一味逞强。毫无疑问,她不得不活泼开朗、逞强不认输的原因之一便是这里的环境。

想到薰子的心境,美世觉得难过极了。

"啊,不说了不说了,我讨厌阴郁的气氛,我们聊点儿别的嘛!"

"说得也是!"

确实,再继续这个话题的话,美世自己也可能会被这种沉重的气氛压垮。

"啊,说起来,美世小姐你去过旧都吗?"

"没有,我一直待在帝都,从来没离开过……"

"啊?"

和薰子有说有笑地闲聊起来后,不知不觉间,美世也不再在

意那些男性队员的视线了。

晚上,吃完晚餐、将餐具都清洗干净后,美世在起居室里稍作休息。这时,刚好洗完澡的清霞也走了过来。

"老爷,请用茶。"

"嗯。"

清霞一边用毛巾擦着自己的长发,一边在榻榻米上坐下。美世将泡好的绿茶放至他手边,又将装着橘子的圆形小篮子放到小茶几中间。

"您冷不冷呀?"

"不冷……倒是你,不累吗?今天忙活了一整天吧?"

"不累。"

虽然确实有点儿疲惫,但远远没到要特地跟清霞诉苦的程度。今天用了一整天的时间,总算把茶水间大致清理了出来,虽然之后还需要把暂时移至外面的杂物好好筛选一遍,但茶水间内部总算是打扫干净了。接下来,只要把各个物品重新收纳整齐就好。

结束清洁工作时,茶水间变成了此前完全无法想象的整洁空间,美世和薰子都抑制不住地握住对方的手,激动地分享着这份喜悦。对美世来说,这是能让她感到幸福的、相当有价值的工作,但清霞似乎无法理解。

"就算是这样,天已经很冷了,太过勉强自己会生病的。"

"嗯,我不会勉强自己的!"

"……从别墅回来后,感觉连喘口气的时间都没有。"

听到清霞轻声感慨,美世回想起这段时间里发生的种种事情。在别墅的那段日子,仿佛已经是很久以前了。他们是深秋时去别墅暂住的,明明才过了一个来月,却已有物是人非的感觉。今年的冬天似乎也比以往来得更早一些,所以,让人有种从别墅回来后立马进入下一个季节的错觉。接下来,转眼便会到年末,又该迎接新春了吧?

"五道先生现在情况如何?"

听到美世关切的问话,清霞只能摇摇头。

"医院已经在尽力救治了,但他伤得太重,恐怕还要再观察上一阵子,才能让人去探望。"

异能心教的据点爆破时,五道受了很严重的灼伤。异能者的身体素质比一般人要好,五道因此逃过一劫,但他伤得实在严重,也不方便让女性探望,考虑到这些,美世至今还尚未去看过他。

"等医院那边允许探病了,你想一起去看看他吗?"

"我去!我想去看看五道先生!"

五道帮了美世很多忙,也很照顾她,还是她为数不多的熟人之一,她没有理由不去看他。

看到美世这么想去探望,不知为何,清霞露出了有些微妙的表情。

"你似乎很想去看五道呀!"

"唉?啊……那个……我没有其他意思……五道先生一直很照顾我,我很担心他。"

不知为什么,美世总觉得自己说多错多、越描越黑,清霞也向她投来了狐疑的目光。

"你最近是不是在疏远我?"

"啊?"

"不知道是不是我多心了,我总觉得我们之间的距离似乎比之前更远了。"

美世惊得一句话都说不出来,缓缓将视线移向斜下方。她当然没有要疏远清霞的意思,只是就算自己觉得自己表现出来的样子同以往一样,也没法否定清霞的猜测,因为自己确实不知道该如何面对清霞。

逃开视线的频率增加、无言以对的次数增加……大概,清霞所说的自己在疏远他,就是指这些吧。

清霞因甘水的事忙碌或是在执勤所工作的时候,美世的表现还不是特别明显,但在两个人独处的时候,就完全不是那回事了。

"春天来临时,你愿意成为我的妻子吗?"

"美世,希望你别忘了昨晚发生的事……那就是我的心意。"

"嗯,非常适合你,很可爱!"

在别墅发生过的点点滴滴,开始在美世的脑内循环播放,仅仅是想想她就觉得面红耳赤。

作为未婚妻,成为清霞的妻子是理所当然的,没有任何问题,可是那个吻代表着什么呢?清霞的心意又是什么呢?还有,他是会开口夸别人"可爱"的人吗?诸如此类的问题,因为太让人害羞,美世没法问出口,更别说问及清霞同薰子的关系了。

老爷也对薰子小姐说过同样的话、做过同样的事吗?如果是,自己恐怕会非常沮丧,甚至再也无法振作起来。想到这些,美世突然困惑不已。

自己到底应该怎么办?

清霞的心是自由的。尽管他很珍惜自己,但二人并不是从恋人关系开始的。无论是过去、现在或是将来,突然出现一位让他怀有爱意的女性也是很正常的。可是,如果真的出现一位这样的女性,美世必定无法继续维持若无其事的样子。

她缓缓抬起眼帘,望向未婚夫的脸。

"怎么了?"

"对对对……对不起……"

不行,她的脸颊像要烧起来一般,看到清霞甚至还有些发晕。

白皙的皮肤、湛蓝的双眸、像瀑布般从肩膀倾泻而下的近乎透明的浅茶色秀发,清霞明明穿着最为普通的家居服,却美得让

人晕眩。

"不是的,我不是想听你的道歉……"

"我没有躲……躲着您,真的!"

"我也没觉得你是故意这么做的。"

"唔……"

太难为情了,如果这里有个洞,美世肯定立马钻进去。

"是我做了什么吗?"

"……不是的!"

这只是因为美世无法理解自己的感情,却又无法压抑自己的内心。如果美世不像这样不谙世事,又有很多可以交流的朋友,也习惯和别人交流的话,就不至于到了这个年纪还看不清自己的心。如果不是因为之前的成长环境,或许她就会明白该如何面对自己的心情和清霞的心意,知道该做些什么样的回应。就她目前的情况,要解决内心的这种郁闷,恐怕还要再花上好一段时间。

清霞的脸上突然布满阴云。

"你在执勤所……遇到不愉快的事了吧?"

听到清霞的问话,美世吃惊地瞪大了眼睛。她没想到清霞竟然发现了此事。不过仔细想想,这也很正常,清霞是队长,能洞察执勤所的所有动态也没什么好奇怪的。

"有队员偶然听到了你们同其他人的对话,跑来跟我报告了。"

"那是因为……"

"要是我或其他班长出面警告他们,只会让你们之间的关系更紧张,但就这样什么都不做,似乎也……"

"没关系的!"

美世有些冲动地打断了清霞的话。

"不是……也不是说他们做的对,只是我和薰子小姐并没想请您出面解决!"

至于薰子的决定,或许只是美世单方面的猜想,但她总觉得二人的想法是一致的。

"如果老爷出面警告,会让一部分队员觉得无法接受或是认为这种命令没有道理吧?这样一来,情况不就更糟了吗?"

清霞同队员之间产生嫌隙是美世绝对不想看到的。的确,不管是她还是薰子,被别人恶语相向时,不可能完全不会受伤,也一定有因为他们的话语而备感煎熬、伤心难过的时候。不过,直到目前,还没出现有人动手的情况,如果因为美世她们而让清霞失去队员的信任,她会更伤心的。

"我们的事,我们自己能解决好。老爷您只管努力工作就好!"美世笑着说道。

清霞微微张了张嘴,最后还是没有说什么,只是轻轻叹了口气。

"啊,要再帮您添杯热茶吗?"

"嗯,麻烦你了。"

美世提起已经烧好的水壶，往茶壶里注入热水，轻晃几下后，再次将绿茶注入清霞手边的茶杯中。

这时，不知为何，她突然想起了薰子很开心地将咖啡端给清霞的模样，胸口也跟着乌云密布起来。

不行，怎么能因为这种事……自己想跟薰子好好相处，也希望能和她变成好朋友，可自己却单方面地抱着这种心思，这会让原本能好好发展的亲密关系变得疏远的。

"哐！"杯底碰撞到茶几桌面的声响让美世回过神来。

"就算不说，我也一定会击溃异能心教！可……"

"老爷？"

刚才还在喝茶，为何清霞会突然露出如此落寞的表情呢？美世困惑极了。

"你不愿依赖我，却能够依赖阵之内吗？"

"唉？我对薰子小姐……那个……依赖？也不是的！"

与其说她依赖薰子，不如说她们在相互支撑着对方。不对，是美世想同薰子建立起相互支撑的亲密关系，这么说更贴切一些。她绝不是因为不好意思依赖清霞，才转头去依赖薰子。

"老爷，您为什么这么想呢？"

"……没什么……"

虽然美世不太懂，但她觉得清霞在内心肯定是希望她能和薰子好好相处的。

有没有什么自己能做的事呢？除了说些安慰的话，还有其他方式能够鼓励到沮丧的薰子吗？自己能做的事，最多就是家务活，那么……对呀，有那个的话……

美世突然想到了一个能够鼓励薰子的好主意，随即马上开始构思。

美世和薰子顺利将茶水间彻底打扫干净后，又开始陆续打扫其他地方。之后的几天，二人又将存放备用物品的仓库整理干净，还擦了走廊的地板和窗户。她们把积攒的大量脏衣服全数洗干净并晾晒叠好，还将垃圾集中处理掉，彻底清除各个角落里的灰尘。

就这样，美世渐渐习惯了每天跟清霞一起上班的生活。

一天，为了打扫位于执勤所后方的供水区，薰子去仓库里取鬃刷和抹布等工具，美世则开始动手收拾散落在供水区附近的烧水壶和水桶。

好冷呀！美世冻得有点儿发抖。

这个供水区在户外，美世完全暴露在寒风中，为了干活方便，她卷起了衣袖及裙摆。这样一来，她的手踝和脚踝被冷风吹得生疼。原本美世打算在自己被彻底冻僵前完成清扫工作，但现在看来，这种天气打扫供水区真不是个明智之举。

美世实在觉得很冷，便准备回到室内。不料，此时不知从何

处传来了男性粗鲁的笑声。

"说起来,有女人在还真是方便呀!"

"就是说啊,她们首先应该趴在地上打扫,其次才应该考虑工作!"

"女人天生就不是握剑的,还是握扫帚与她们更相称!"

这些话实在让人很生气,美世有些介意,从建筑物的角落偷偷环视四周,她发现有三名男性队员在说笑。他们大概刚锻炼完,手上还握着木刀。

这几天,美世和薰子无论在哪里做什么,几乎都会收到别人的恶语。大概有近半数的队员都对薰子的存在及美世每天出入执勤所而感到不满。仔细一看,三名男性队员中的一位正是几天前在武道场同薰子比试的那名年轻队员。

"女人还这么逞威风,太嚣张了!"

"你可是被她揍得很惨呀!不过,去评判一个女人的实力如何原本就很蠢。反正,一旦结婚,她们就很难继续工作了!"

放肆的笑声再次传来。

此刻,美世终于知道了什么叫火冒三丈。

为什么要说那种话!就因为薰子是女性,就要否定她的能力和努力?从最初就被偏见染红了眼,不正视现实,肆意嘲笑别人的努力,没有比这更不讲理的事了!

在斋森家的时候,美世会被那么对待,是因为她没有异能。对美世而言,那是一段极为痛苦的回忆。虽然很不甘、很伤心,可其中也有无可奈何的部分。但薰子的情况是不一样的！她实力超群，而且，这种实力绝对是建立在不懈的努力之上的。

"反正女人是不可能打得过男人的！就算选择了握剑，也只是白费力气！"

美世不受控制地慢慢走到了这些人面前。

"啊！"

"原来你在这边呀！"

瞧见美世后，三名男性队员有些尴尬地垮下了脸。

"那个……"

就算对这些人说些什么，偏见也不会从这个世界上消失。可是，薰子什么都没有做错，美世希望他们能明白这一点。

美世一一扫视过三名男子，缓缓地开了口。

"我觉得三位那么说不太好……"

"哈？"

"我听说对异特务小队崇尚实力至上主义，只要实力被认可，即使是女性也可以入队，没错吧？"

听着美世平静的问话，男人们表情复杂地沉默不语。看他们的模样，大概他们也知道自己的主张同对异特务小队的方针背道而驰，其实他们只是对输给薰子、输给女性不服罢了，仅此而已。

"像那样说别人坏话，也只会让本来可以凝聚起来的战斗力变得分裂而已！如果不想输给女性的话，比起恶语中伤别人、驱

逐别人,首先应该努力提升自己的实力才对吧？"

"你又懂什么？明明只是舒舒服服地被队长保护起来的家伙！"

其中一个人愤愤地嘟囔着。

"喂！"

另一个人带着责备的语气试图制止他,可他并没有住嘴。他一副不想再压抑的焦躁的样子,将手中的木刀用力插进地面。

"躲在安全的地方,趾高气扬地命令别人干这干那,就连女人都可以了？我们可是一直在赌上性命地冲锋陷阵呀！我可接受不了什么都不懂、只躲在舒适区的家伙在一旁说三道四！"

美世一时无言。

"女人体力差、力气也小,能像我们一样战斗吗？不可能吧？本来就有女性该干的工作,她们就安安分分地从事适合她们的工作就行了！明明只会扯后腿,却还想抢男人的饭碗,谁愿意啊！"

他说的这些,有一部分是对的,女性的体能天生就不如男性。

"能够决定是不是可以从事这项工作的不是你！薰子小姐也是通过公平的审核机制被录用成为一名军人的！你凭什么否定她呀！"

明明双方言辞激烈,美世头脑里却冷静地想着：原来自己比想象的还要愤怒！在此之前,她根本想象不到,自己能像这样充分地表达自己的所思所想。

"不想认可薰子小姐的话,干脆跟她打一场,赢了再说这种话吧!"

美世的话激怒了他们,他们举起强壮的手臂,美世做好挨打的准备,闭上了眼睛。

但是,那拳头迟迟没有落下。

"为什么会气成这样呀?"

耳畔传来带点儿傻气的女性的声音。战战兢兢地睁开双眼后,美世看见薰子一脸笑意地站在男性队员和她之间。

"啧……"

"对美世小姐出手的话,可是自寻死路!"

男性队员们烦闷地皱紧眉头,恶狠狠地瞪着薰子,转身离开了。

"真是的,一言不合就想动粗,真是难以置信!"

"薰子小姐!"

她会不会已经听到了美世他们的对话呢?

"啊,放心吧,我才刚回来,完全没听到你们说了什么,也不会跟队长说的。"

一脸笑容的薰子眉梢微微耷拉下来,美世知道她在说谎,便握住了她的手。

"我们之后再来打扫供水区吧?"

"唉?"

"你跟我过来一下!"

美世拉着一脸困惑的薰子,走向了前几天刚打扫干净的茶水间。

"你怎么了,美世小姐?"

"我今天带了好东西过来,你先在这里坐一下。"

美世取出堆叠在茶水间的圆形木头小凳,安排薰子坐下,然后打开柜子,取出了一包东西。她将包在外面的包袱打开后,露出一个小巧的便当盒。

"这是便当?"

"是的,但里面并不是饭菜。"

取下盒盖后,美世将便当盒递给薰子。

看见里面的东西后,薰子瞪大了双眼。

"啊,是大福……"

"那个……我想,遇到不开心的事时,嘴里有甜味的话,就又能打起精神了吧?所以……"

说到这里,美世突然想起了一件重要的事。

"啊,你该不会不喜欢甜食吧?"

说起来,她还不曾问过薰子喜欢吃什么。如果薰子是个喜欢吃辣的人,大福之类的就不能让她打起精神了吧?不知为什么,自始至终,美世总觉得薰子喜欢吃甜的,而且从没怀疑过这点。

会不会……搞砸了呀?美世有些忐忑。

看着美世一脸狼狈的样子,薰子大笑起来。

"哈哈哈哈哈哈!不要紧,我最喜欢吃大福了。"

说罢,薰子从便当盒里拿起一个浅褐色的大福,咬了一口。

"怎么样?"美世不安地询问道。

薰子眨了几下眼睛,感叹道:"真好吃!这该不会是美世小姐亲手做的吧?"

"是的,是我做的。"

虽然也可以买成品,但是美世满怀真情地亲手制作了这些甜品。

至于为何会选择做大福,是因为她打算为薰子做点儿什么甜品时,刚好看到了手边杂志上的制作方法。

"自己做大福很难吧?"

"没那回事,这不是什么难做的东西。"

集齐材料虽然花了点儿时间,但制作方法并不难。

薰子大概真的很喜欢吃甜食,她带着满脸的幸福,没一会儿就吃完了一整个大福。

"真的很好吃,谢谢你,美世。"

"不用客气,你要不要再来一个?"

听到美世这么问,薰子开心地拿起第二个大福,回应道:"那我就不客气了!谢谢你!"

薰子直勾勾地盯着自己手上的大福,轻声地道谢,美世抬起头望向她。

"……对不起,让你为我操心了。"

"哪里的话!"

美世摇摇头,将盖好盖子的便当盒轻轻放在身旁。她没觉得自己为薰子操了什么心,只是想到了从前的自己。

"我以前在娘家的时候,每天都过得很痛苦,甚至连呼吸都被人嫌弃。"父亲对自己漠不关心,继母对自己恨之入骨,异母妹妹也把自己视如粪土,美世就是这样活过来的。她曾无数次地问,既然自己这么没有活着的必要,既然世间这么容不下自己,为何自己还要活在世上呢?

"但是,痛苦的时候,即使没有任何安慰的话语,也存在着让我打起精神的善意!"

与经常鼓励美世的青梅竹马的辰石幸次不同,斋森家的用人们从不会为她打抱不平,但是,他们也会偷偷地关照她,比如送给她一些他们不用的日用品、分给她一点儿食物什么的。

每当接收到这些善意时,美世总是开心得不行。只要知道有人愿意关心她、为她做点儿什么,她便能活下去。

"薰子小姐要是不嫌弃的话,可以跟我说说话,抱怨也好,什么也好,都可以!虽然你对我说了,我也帮不上什么忙,但是,你一直带着这个微笑的面具的话,总有一天会忘记如何真正微笑的!"

"……嗯。"

薰子的回话带着些哽咽。

"美世小姐真的好温柔。"

"没有啦……"

"真的,你真的很温柔。虽然我确实说过想和你做朋友,但是一般而言,不会有人这么为才认识几天的人着想。"

薰子虽然在哭,却还是保持着微笑,她又咬了一口大福。

"好吃!好吃到让我精神振奋了!"

说完,薰子又轻轻地说了一声:"对不起。"

第四章　内心深处的真相

众人一如既往地做着提防甘水和异能心教袭击的准备,秋天就这样彻底过去了。

一天晚上,寒气入骨。

"明天上午我请了假,咱们一起去探望五道吧?"

在家吃晚饭时,清霞突然这样提议。

"已经可以去探望了吗?"

"嗯,终于可以了。"

看到清霞点头,美世不由得露出些许微笑。

可以探望就意味着五道的病情已经稳定,身体也有所恢复了。

得知五道治疗得很顺利,美世就放心了。

"真是太好了。"

"是啊。"

"……老爷,您怎么了?"

清霞语气十分冷淡,拿筷子的手越来越慢,最后完全停了下来。

自己是说了什么让他不高兴的话吗？还是他身体不舒服？美世心想。

"抱歉，我在为自己狭窄的心胸进行检讨。"

"心胸狭窄？"

美世不解地歪着头，在她看来，没有比清霞更心胸宽广的人了。她完全搞不明白，刚才的对话为什么会让清霞产生这样的想法。

"别往心里去，是我不好。我也知道，你并非是因为什么奇怪的理由而关心他……我可能是感性大于理性，又或者是别的什么吧。"

清霞故意咳嗽了两声，然后开始说些辩解的话。

面对未婚夫这出人意料的反应，美世一头雾水，越发不解。

"请问，您还好吗？"

"没事，没事。我挺好的。"

"……难道，是觉得我外出不太合适吗……"

虽然美世很想去探望五道，可如果因此给清霞带来什么麻烦的话，她也不会继续任性坚持。

她脑海里又浮现出了百足山的那句话——"不要做多余的事情"。

其实，她并非不信任清霞，只要有清霞在，就算是甘水也不敢轻易向美世出手，所以她才会每天和清霞一起上下班。可如

果走在街上时发生了意外,就来不及了。现在,自己的一举一动已经不仅仅关系到自己一个人了。

美世把手放在膝盖上,紧紧握着。

这时,一只宽厚的手掌包住了她的拳头。

"老爷……"

清霞不知何时坐到了美世旁边,他看美世的眼神极为平静,那双略带蓝色的眼睛始终如宝石般澄澈美丽,令人着迷到瞬间忘记眼前的一切。

"在害怕吗?"

"嗯。"

听到美世如此坦率的回答,清霞轻轻抱住她的肩膀。

"既然到了这会儿,那我就说清楚吧。你的父亲十有八九不会是甘水。"

"咦……"

"把薄刃澄美嫁入斋森家的时间和你出生的时间对照一下,就都明白了。当然,要是薄刃澄美在婚后和甘水幽会,就另当别论了……听说,为了防止她逃走,斋森家的上一任当主严禁她外出,而且薄刃家也掌握了甘水那个时候的一举一动,所以甘水基本不可能是你父亲。"

清霞之所以用"听说",大概是因为向他提供薄刃家相关情报的人是新吧。

一定是清霞和新察觉到了美世的不安,所以才开始调查的。

"我知道,现在不管做什么都会让你感到不安。所以,如果能消除你心中的忐忑,我愿意做任何事情。你可以多和我说一些你的想法。"

"……好的。"

"我也在思考自己能做些什么。现在,我就想和你一起撑过这段时间。"

清霞真挚的话直击美世内心。

他绝不会让美世孤单一人,所以美世也应该摒弃之前那种凡事都靠自己一人解决的思维模式。

"我在想……如果我外出的时候发生了什么事情,该怎么办。比如在街上遇到那个人的话……"

无所顾忌地说出自己的想法后,美世感到些许轻松。

清霞面带微笑地向她摇摇头。

"这个你不用担心。甘水也算是一个组织的领导者,他不会在光天化日之下做出让百姓们诟病的愚蠢行为。倘若他真想拉拢你,也会另寻时机,或用其他手段。"

"其他……"

"不用管他。总之,明天是没问题的,我们就一起去探望五道吧。他整日卧床,好像都闲得发慌了。"

美世总感觉清霞在回避着什么重要的事情。

不过,对于此时的美世来说,有太多太多既看不见、也想不到的因素。所以,即便脑海中闪过一丝违和感,她还是点头回应

着清霞的微笑。

五道住在军队附属医院。这里有最先进的设备和全国各领域最杰出的医生。

因为是军方设施,所以一般人无法轻易出入。不过,除了军方人员,其亲属在获得批准后,也可以接受治疗或进行探视。

美世没想到有一天自己真的能踏入军本部。

早上,清霞驾着车,载着美世去往医院。

美世想起了他们第一次一起出门的那天,那个时候也是坐着车。那时,她听到清霞说要把车停在工作的地方,就误以为他们要去的地方是军本部。现在想来,那发生在与清霞在一起没多久的那个春天。

从那以后,又发生了好多事情,美世自己和周围的环境也都发生了巨大的变化。

她有时会觉得已经过了好久,却又感觉只是一瞬间。

那时的她,没有自信,总是胆怯。清霞为人和善,不像传闻中说的那样。所以,美世想尽可能在清霞身边待久一点儿,可自己没有异能,也不像同父异母的妹妹那般漂亮、优秀,她觉得这段姻缘可能会因此而中断。

从那时到现在,自己究竟改变了多少?自己有成长吗?还是只有欲望强烈了？

美世悄悄地看了一眼身旁握着方向盘的清霞。

"怎么了？"

只看一眼，居然就被发现了，美世慌乱地躲闪着清霞的目光。

"没什么，就是想起了第一次和老爷一起出门时的情景。"

"啊，那个时候啊……"

清霞像是在怀念着什么似的，眯着眼睛，面带微笑。

对美世来说，他们第一次一起出门的那天，既是一次害羞的经历，也是一段美好的回忆。她想，要是清霞也这么想就好了。

军本部，即帝国陆军在帝都的基地，位于距离对异特务小队执勤所不远的地方。

这里面积广阔，四周围着高耸的铁栅栏，中间伫立着几栋有着白色外墙的高大建筑。铁门紧闭，从栅栏的缝隙间可以看到身穿军装、身形魁梧的军人在里面走来走去。

果然，身为军官的清霞并没有遭到盘问，和门卫稍微打了个招呼，就顺利进入了。

"你紧张吗？"

听到清霞这么问，美世忍不住笑了起来。

"呵呵，老爷啊，真是的……"

"怎么？"

看到清霞似乎有些不满的样子，美世更想笑了。

"老爷啊，之前您带我去对异特务小队执勤所的时候，也问过我同样的问题。'紧张吗'，呵呵呵。"

"别笑了……我也是没有办法啊。"

"我知道，谢谢您这么关心我。"

要是换作以前的美世，清霞可能还会担心她会因过于紧张而失态，当众出丑什么的，然后沉浸在这件事中，自顾自地消沉下去。而美世能像现在这样笑着，是因为她知道，清霞和周围的人都非常珍惜她。

"这没什么好笑的吧……虽然我不太想说，但还是要提醒你做好心理准备啊。"

"好。"

这里是军本部，不同于对异特务小队执勤所。

事实上，大多数军人都没有异能，所以在某种意义上，异能者在军队中可以享受特殊待遇。美世听说，也是因为这样，这里有很多人都对异能者抱有复杂的想法，再加上清霞的未婚妻是薄刃家的后代，又是罪犯甘水直的亲戚，对这件事情稍有了解的人，都掌握了这个信息。

在对异特务小队执勤所时，美世就收到了许多带着恶意的目光，这里似乎要更严重一些。

"不过，我没关系的。"

美世已经习惯了别人这样看她。并非是她想要习惯，她也因此内心异常痛苦，只是最近她终于想明白了，这些也可以让自己变得更强大。她开始承认,这就是自己——斋森美世——的过人之处。

美世下了车,跟在清霞的斜后方,朝医院走去。

不得不说,这些擦肩而过的军人有些没头脑,他们毫不掩饰地向美世投来好奇的目光,不过美世比自己想象中更加不放在心上。

真要说起来,在中途买了鲜花和水果作为慰问品、并抱在胸前昂首阔步走在前面的清霞,才更受军人们的关注。

"那是久堂家的……"

"是他啊……听说武艺十分高超。"

"军队高层中都有几个干部不是他的对手……"

"……居然长得这样啊……"

美世听到他们窃窃私语的内容很明显是关于清霞的。

可能是因为清霞不怎么来这里,所以他的出现比较罕见,因此,比起清霞的存在感,美世的出身这些琐碎的小事似乎根本不值一提。

这样一想,美世居然还感到有些沮丧。

有几个军人一看到清霞,立马面色苍白,像逃命似的扭头就跑。美世不禁疑惑,他们之间到底发生了什么。

这里的建筑物样子都差不多,很容易让人迷路。美世这么想着,便走到了医院。

五道刚住院没多久时,清霞就来过一次,所以这次简单和前

台打了个招呼后,他们就直接去了病房。

美世和清霞刚走到病房门口,正好有一位身穿白大褂的男医生走了出来。

"哎哟,这不是清霞老弟吗?"

这位医生大约三十多岁,身材高挑,体形瘦削,留着小胡子,脸上的笑容看起来有些让人讨厌。

清霞漫不经心地回应:"好久不见。"

"嗯,你还是老样子,目无尊长!嘿嘿!"

听到这独特的笑声,美世起了一身鸡皮疙瘩。

看清霞如此不客气的样子,他们俩应该是熟人,但到底是什么关系呢?美世既想知道,又不太想知道。

"……不要再发出这种恶心的笑声了。"

"嘿嘿。笑声这种东西,怎么样都行吧。不要在意这些细节,这样才能活得舒服哟。"

"唉……对了,那家伙怎么样了?"

看着叹了口气的清霞,男医生又发出"嘿嘿"的笑声。

"已经可以去探望了,伤势也不像之前那么惨不忍睹,但体力明显大不如前,可能还得住上一段时间。"

"年底前能返岗工作吗?"

"这个嘛,应该是没问题。"

"是吗?那就请你多费心了。"

医生要离开的时候,美世正好和他四目相对,于是点头致礼。果然,他又露出那令人讨厌的笑容,美世挤出的笑脸瞬间僵住了。

"刚才那位是?"那位医生离开后,美世急不可耐地向伸手开门的清霞询问道。

"噢,是我母亲那边的亲戚,有治愈的异能。我进来咯。"

虽然知会了一声,可还没等里面的人回应,清霞就推开门进了病房,美世也跟在后面走了进去。

病房不太宽敞,但也不憋屈,是个大小合适的单人间。房间最里面是一张纯白色的病床,五道正半坐着靠在上面。

"啊,队长!"

五道看到他们进来,用力地招着手,清霞直接无视,继续和美世说着。

"……他治愈的异能特别优秀,就是性格有点儿问题,没什么坏心眼。"

"是这样啊。"

"拜托他治伤是肯定没问题的,只是他会巧立名目,通过违法的账单收一些特殊费用。即便是这样,到了关键时刻,除了找他也别无选择,因为他的技术确实好。"

也就是说,五道这回伤势还挺严重的。

美世心想,如果清霞受了这么重的伤,自己能够冷静应对吗?尽管现在想象不到,但也需要做好相应的心理准备。

"等一下!你们不是来看我的吗?别无视我啊。"

被晾在一旁的五道愤怒地表示不满,随即传来一阵笑声。

"哈哈,有意思,有意思。五道你真搞笑啊。"

"你吵死了!"

这个人被挡在屏风后面,美世完全没有察觉到他。

先来的这个人穿着一身华丽的和服,手中摆弄着一把扇子,看起来像个花花公子。

他就是辰石家的现任当主——辰石一志。

和从前一样,一志似乎还是以调侃五道为乐。

"我好不容易来探望你一回,从刚才开始就一直对我大喊大叫的。"

"谁也没让你来。"

"真是的,我们不是好朋友嘛。"

"谁和你是朋友!"

一志被五道的尖叫逗笑了,他合上扇子站起身来。

"好了,我也差不多该告辞了。"

"快请快请。啊,现在痛快多了。"

"我下次再来。"

"别来了!"

一志穿上色彩鲜艳的外褂,朝清霞和美世笑了笑。

虽然许久未见,但他还是没有一点儿辰石家当主的样子,简直就是大户人家的纨绔子弟。

"久堂少校,好久不见。"

"嗯。辰石,你是从大海渡少将那里得知了消息才来的吧?"

"对,我听说五道受了重伤,想着会是什么样呢,觉得还挺有意思的,所以就来看看。"

"你这种恶趣味还是适可而止吧。"

"我记住啦。"

一志随意地摆了摆手,算是道别,然后离开了病房。

看着他离去的背影,清霞一脸无语,走到了五道床边。

这时,五道没忍住"噗嗤"一下笑了出来。

"噗!啊哈哈哈!一点儿都不配!队长和这束花……噗噗!"

美世瞟了一眼清霞,看到他那张板着的脸上满是怒气。

美世心想,五道会不会是故意惹清霞生气?如果真是这样,那他和刚刚的一志也没什么两样。

想到可能会引起不必要的纷争,美世也就没有提。

"你看起来挺有精神的嘛!似乎不需要来看你了。"

清霞冷冷地俯视着五道,将怀里的花递给美世,让她插进花瓶里,然后把水果放在旁边的架子上,转过了身。

美世被突然间发怒的未婚夫吓到了。

"老爷?"

不会这就要走了吧?她有些担心。

美世还在为刚来不久而感到遗憾,清霞却突然转过身来说道:"我出去一下。美世,你继续待在这儿就行了。"

"啊,好的……"

难得来一次,为什么要出去呢?

清霞应该不会因为五道笑话他就真的生气。如果他因为这种小事就生气得不想看到五道,那平日里动不动就开玩笑的五道早就没命了。

不知为何,美世总觉得清霞离开病房的背影有些异常,她犹豫着要不要追上去。

为什么会这样……不知何去何从的美世也没有什么办法,她只好按清霞说的,解开手中的花束,插进空瓶里。

看样子,先来探望的一志好像并没有带鲜花之类的慰问品,因为花瓶到现在还没有被用过。

"美世姑娘,不好意思啊。"

"没有。"

这点儿小事根本没什么。

看着满脸惭愧的五道摸着后脑勺向自己道歉,美世朝他笑了笑。

五道看上去和平日里一样精神,但美世还是能看到他睡衣下满身的白色绷带和纱布,那比想象中还要多。五道应该很痛吧。这还是已经恢复到了能够探望的程度,一开始伤得该有多严重啊。美世想想就害怕。

"那什么,五道先生,这次……该怎么说才好呢……真的是十分抱歉。"

插好花后,美世转向五道,深深鞠了一躬。

他的伤是甘水直造成的。换句话说,薄刃家也有责任,美世也不是一点儿关系也没有。

美世的道歉也许会让五道为难,可她实在无法做到事不关己。

"别这么说,美世姑娘不需要为这件事道歉。"

"可是……"

五道轻轻地摇了摇头。

"现在就算我和你说别太放在心上,估计你也有些勉强。但有错的是做了这些事并且还打算继续做下去的甘水和异能心教,而不是你啊。"

"……嗯。"

"所以,我才应该谢谢你来探望我呢。"

五道一如既往地露出了他那明媚的笑容,让人备感亲切。

他能平安无事真是太好了。倘若他就此丧命,美世和清霞恐怕一辈子都会有心理负担。

美世在床边的一把小木椅上坐了下来。

"身上还疼吗?"

面对美世的关心,五道含糊其词地应道:"还好吧。"

"老实说,两三天前还特别疼来着。浑身上下缠满了绷带,烫伤很严重。"

五道语气很轻松,就像没多大事似的,可听起来相当悲壮。

一般来说,全身重度烧伤的话,基本上都会在生死边缘徘徊——很可能就救不过来了。不过,五道是异能者,身体比普通人结实很多,而且又有会治愈异能的医生为他医治,才算挺了过来。

听说除对异特务小队外,还有别的部队在异能心教的其他引爆点遭到袭击,不过万幸没有人死亡。

"等我归队后,一定要把异能心教的那帮家伙一网打尽!我可是个非常记仇的人!"

"那就好好加油吧……"

"我会努力的!"

话说到这里,美世才想起还没回来的清霞。

难道他是去找婆婆的那位亲戚聊天去了吗?

正在美世左思右想之际,五道又小声说道:"我刚入院的时候,队长也……吓得说不出话。他肯定觉得自己有责任吧。"

看来五道的伤势相当严重,美世不禁胸口隐隐作痛。

一直以来,清霞都不太爱说话,但既然在一起工作的五道都这么说了,那他肯定是受了不小的刺激。

"要是让你知道太多,估计队长又会生气了。"

"哎?"

"我想,队长一定是觉得自己作为领导,对此应当负有不可推卸的责任。不过,比起这个……他也可能是想起过去了吧。"

"过去?"

五道这回倒是罕见地没开玩笑,他一脸认真地点了点头,向窗外望去。

今天早上美世出门的时候,外面还是晴空万里,现在却变得阴沉沉的,乌云密布,好像马上就要下起雪来。

老爷和五道先生的过去到底是怎样的呢?遇到薰子以后,美世对清霞的过去愈加感兴趣。

可五道是清霞忠诚的部下,美世有些担心是否能从他口中打探到些什么。

"之前,对异特务小队的队长是我父亲。"

"五道先生的父亲?"

"我父亲曾是个令人尊敬的异能者。他特别厉害,也很受部下拥戴。但是我……我很排斥这样的父亲,所以去留学了。"

这一切美世都是第一次听说,但最关键的是——五道的父亲曾是个异能者。

她注意到五道用的是过去式,所以,美世感觉五道的父亲可能已经不在人世了。

"那时队长还是个学生,父亲一心劝说他入伍,说是想让他当下一任队长。但队长表示自己没有从军的打算,然后就考入帝国大学继续深造了。尽管如此,父亲还是没有打消这个念头。"

美世不知道五道此时是什么表情。因为他一直望向窗外,并没有看向她这边。

"有一天,父亲在执行任务时牺牲了,敌人很厉害。不过,要是队长接受父亲的邀请,加入对异特务小队的话,打败他们根本不在话下。当时,天皇下令,命队长前去支援父亲等人,但已经来不及了。"

"这……"

美世想着清霞当时的心境,不禁按住了胸口。

"当然了,父亲的死不能怪队长。可当时留学归来的我还是一味指责队长,声称父亲的死都是他的错。也是因为这个,队长过分自责,最后加入了对异特务小队。"

说到这里,五道轻声叹了口气,一脸落寞地笑了笑,看向美世这边。

"父亲出事的时候,除他以外的其他队员都没事。这次也只有我差点儿没命,队长估计是想起了那个时候的事吧。"

美世觉得,现在自己开口说什么都不合适,但她也并不认为,要是不知道这些就好了。

"对不起。我不该问这么多。"

"没有没有,都是我在自言自语罢了。美世姑娘也想知道队长的一些情况吧?"

"您怎么?"

美世惊讶地瞪大双眼,她没想到五道居然完全猜中了她的心思。

清霞并没有和美世说过太多自己的事情。但也正因如此,美世才更想要知道。不过,她也在考虑,这种迫切的需求会不会给清霞带来麻烦。所以,她还没向别人提起过。

美世明白,把本人不愿提及的事情拿出来谈论确实不太好,因为她也有一段不想和别人说起的过往。只是回想起来就很痛苦的记忆,大概是不想说、也不想让人知道的事情吧……美世曾这样认为。

不过,当美世发现,清霞居然对那些她不愿提及的过往一清二楚的时候,她却感到格外轻松。

"我就猜到,不善言辞的队长估计是没和你说过这些。果然不出我所料,不过我还是有点儿震惊。哈哈哈……"

五道开怀大笑,脸上完全没了之前的阴郁神色。

美世忍不住问道:"我直接向老爷询问他的过去,这样合适吗?"

不愿被触及的过往……清霞自然是有的。如果美世想要了解,并且谈及这段过往,清霞会同意吗?这样做会伤害到他吗?

其实,这种事情应该美世自己拿主意,就算问五道,也没有什么实际作用,但她还是想听一听旁人的意见。

五道眯着眼,露出罕见的、平静的微笑。

"你直接问队长的话,他应该会很高兴吧。我觉得只要是美世姑娘去问,他什么都愿意说。当然,这只是我个人的意见。"

"是吗……"

"美世姑娘,你就算不问我,也能想象出队长会做何反应吧?不管是主动出击,还是被动等待,只要坚信自己的选择就好。"

确实如他所言,美世和清霞相处的时间,远比五道、薰子和他相处的时间要短,但美世还是打算用自己的方式去了解未婚夫。要是连这样的自己都不信任,那还能怎么办呢?

"谢谢,我试试看。"

"嗯,如果你哪天受不了那个不爱说话、又招人讨厌的队长,一定要来找我啊。如果是美世姑娘的话,我可是非常欢迎哟!"

五道笑嘻嘻地开着玩笑,美世也笑着点了点头。

"好的。"

"太好啦!"

"什么太好了?"

被刚好走进病房的清霞这么责问,五道整个人都僵住了。

"没事!什么也没有!"

面对满脸认真地向自己敬礼的部下,清霞目光冰冷,随即又叹了口气,说道:"美世,该回了。今天心满意足了吧?"

"嗯。"

虽然还是担心五道的身体,但可以确定他已经暂时恢复精神了。

美世现在还不能完全自由活动,所以也不知道是否能再来探望五道,不过今天来这一趟,她也多少有些安心。清霞或许也有同感。

"欢迎你们再来哟!"

"你还是赶紧治好了归队吧,傻瓜!"

"我已经有点儿迷恋上了这种吃了睡、睡了吃的生活,才不想回去。"

清霞一时语塞。

"放心吧,我会利用这段休息的时间,好好想想找甘水直报仇的万全之策!"

五道向他们挥手道别,美世也轻轻挥了挥手,跟着清霞一起离开了。

目送上司及其未婚妻离去后,五道完全躺了下来。

能够探望了以后,马上就有很多人陆陆续续地过来。五道心里很感激,但也不免有些疲惫。

"果然体力大不如前了啊……"

通过治愈的异能进行治疗,会比普通的治疗时间短,后遗症也少,但也会过分消耗病人的体力。所以,没有人能够在瞬间完全恢复,必须要住院一段时间。

即便如此,在了解情况后,五道还是想尽快回归工作岗位。

这个时候本来就战斗力不足,我怎么还能一个人在这儿睡觉呢?面对眼下这不如意的情况,五道焦急万分,他闭着眼睛,闷闷不乐。

不一会儿,又来了一位访客。五道没听说有老家的人或是

亲戚要过来,所以他伸着脖子,想要看看是谁。

慢慢推开门走进来的,是一位身穿军装的年轻女性。五道感觉好像在哪儿见过。

"五道先生,好久不见。伤势恢复得如何?"

"……你是阵之内薰子?"

"对喽!"

这个俏皮地打了一下响指的女性,正是五道多年未见的同事——阵之内薰子。

五道知道,她是为了填补自己的空缺才来的帝都,但实在没想到,她会这样独自一人前来探病。

虽然他们好几年没有联系了,但在薰子被派到旧都之前,二人关系还不错,所以五道也没有特别惊讶。

五道再次坐起,吐了口气。

"如你所见,伤势恢复得还行。先不说这个了,你现在不是应该正在执行任务吗?"

五道觉得奇怪,便开口问了一句。

薰子坐在方才美世坐过的那把木椅子上,说:"你不用担心,我现在担任美世小姐的贴身护卫。今天上午她和久堂少校在一起,所以我就休息了。"

"原来如此。"

薰子身为女性,腕力和体力都不如男性,但她武艺超群。因为都是女性,能够和美世一起活动的范围比较大,所以是最合适的护卫人选。

"刚才,久堂少校和美世小姐来过了吧?"薰子看着花瓶里的花和篮子里的水果说道。

"嗯,虽然队长态度冷淡。"

"你们关系还是很不错啊。"

五道耸了耸肩。薰子见状,不由得笑了出来。

"阵之内,工作还顺利吗?"

"还行。虽说是护卫,其实就是每天和美世小姐一起干些执勤所里的杂活。不过还好,不是很无聊。"

这时,五道突然间想起了一些和薰子有关的事。

薰子家中经营着一处历史悠久、颇有来历的道场。父亲是道场的师父,嫁过来的母亲是正儿八经的异能者家族中的成员。虽然她的母亲不是异能者,但通过隔代遗传,薰子拥有了异能。此外,她还继承了父亲的剑术。大家都认为,她是一名优秀的战士。所以曾有传言说,薰子会是清霞的结婚对象。

啊,原来是因为这啊……五道搞清楚状况后,用手拨乱了自己的刘海。

美世虽然平日里总是提心吊胆的,但今天却很迷茫,她大概就是因为这个才想了解清霞的过往吧。

"阵之内。"

听到五道叫她,薰子把视线从花那边移了过来。

"怎么了?"

"你啊,是不是还爱慕着队长呢?"

薰子瞪大了眼睛。

"……你在说什么啊?"

"别装糊涂啦!你从以前就一直喜欢队长吧?"

"我……才没有。"

薰子垂下头,目光躲躲闪闪。

看到她这样,五道又是着急,又是怜悯。

五道并不觉得自己的洞察力比一般人强,只不过是在一起工作之后,自然而然地察觉到了她的心意。

对清霞来说,薰子只不过是同事,是他众多未婚妻候选人中的一个,但薰子却不这么想。

"我并没有要责问你的意思。任何人都有喜欢别人的自由。不过……"

五道突然停了下来。他并不想故意伤害薰子,可接下来他要说的话,可能会让她伤心落泪。但是,五道有自己不愿退让的底线,所以他必须要说。

"你可不要破坏他们俩的关系啊。"

薰子惊讶地屏住了呼吸,猛地抬起头。

从她的反应来看,很显然她已经做了什么不该做的了。

"我……"

"别装傻。谁喜欢谁都是个人的自由,但我觉得你这样做就不太好了。"

对清霞来说，美世的存在是一份难得的安心。

一路走来，五道一直在清霞身边，所以他明白，清霞和美世注定要相遇，彼此互相治愈，这就是他们二人的相处方式，其他任何人都无法介入。

这么说对单恋未果的薰子可能有些残忍，但五道决不允许她随便去搅乱那二人的心。

"……五道君，你知道什么啊！"

薰子声嘶力竭地挤出这句话，但五道并没有因此心软。

"如果你想插足他们俩的话，那就大错特错了。至少在我看来，你的这种行为对你、对所有人，都没有任何好处。"

"我先走了！"

五道并没有挽留飞奔出病房的薰子，只是叹了口气。接下来就看她自己怎么做了。

也许刚才自己的话说得过分了，五道感到些许后悔。自己从什么时候开始这么爱管闲事了？也许自己会因此被薰子记恨，但也比她插手清霞和美世的关系要好。

疲惫不堪的五道躺了下来，眯了一小会儿。

走出医院后，清霞转身看向美世。

"去外面走走吗？"

"啊？好的……"

二人沉默地穿过来时经过的大门,离开了军队的地界。

离回执勤所还有一段时间,美世没有理由拒绝清霞这个不同寻常的邀请。

他们走过一扇鲜少有人通行的大门,又穿过一条细窄的小路,走到了大马路上。

"抱歉。你冷吗？"

看到清霞满脸担心地问自己,美世摇了摇头。

美世套着外褂,又围着围巾,捂得特别严实。吹在脸上的风虽然和这个季节一样冷,但还不至于冷到让人发抖。

"不冷。"

"是吗？"

清霞继续向前走着。不过,为了能让美世跟上,他刻意放慢了脚步。

这的确像他的做事风格。美世之所以会这样觉得,是因为从遇到清霞开始,他就一直这样对待自己。身为美世的未婚夫,他就是这样的一个人……美世有些纠结,不知道自己想要了解清霞的过往的想法是否真的合适。

他们二人默不作声地走了一会儿,来到了一处人烟稀少的公园。

道路两旁的树叶基本掉光,露出干枯的树枝,一片寂寥。也许是由于季节和气候的影响,公园里的人少了很多。

"那个……老爷?"

因为不知道要往哪里去,美世略感不安,于是轻声开口问道。

清霞听到后,停下脚步,但没有转过身来。

"休息一下吧。"

他像是自言自语似的说着。

于是,他们找了个长椅并排坐下,中间隔着大约三个拳头的距离。

美世偷偷看了下比平时话还要少的清霞,暗暗思忖:他应该……不是心情不好吧。

现在,美世已经可以大概读懂清霞的表情了。相比起心情不好和愤怒,似乎烦恼更为恰当。但美世并不清楚他为什么烦恼。

"老爷。"

美世忍不住又试着叫了一下清霞,他还是没有看向这边。

"怎么了?"

"有什么烦心事吗?"美世凭直觉问道。

这时,她的脑海中浮现出五道说的那些话——那些和五道父亲有关的话。

可她不敢直接切入这个话题,只能慢慢从旁打听。

"你听五道说什么了吗?"

清霞架着胳膊,缓缓闭上双眼,反问美世。

他去探病时的态度显然很奇怪,估计他自己也感觉到了。所以,他才会觉得美世可能会因此感到疑惑,然后去问五道吧。

美世心里有些不安,不知道这么做会不会过于逾矩,但她还是鼓起勇气说道:"我从五道先生那里听说了一些。"

"……是吗……"

"老爷,其实我……"

说到一半,美世突然停了下来。她差点儿就顺嘴问了无谓的问题。

不行,自己不能在这个时候畏惧。如果清霞因此而生气或难过的话,就向他道歉吧。只靠惴惴不安的等待就能解决问题的日子早就过去了。美世下定了决心。

"如果我知道了老爷的过往,您会不高兴吗?"美世看着清霞,直言不讳地问道。

她注意到,清霞瞬间轻叹了口气。

"美世……"

"我想知道更多关于老爷的事情,哪怕不是全部也没关系。我只是想像您了解我那样了解您。"

自从见到薰子之后,美世深深体会到一件事:美世所了解的清霞确实是他本人,但也仅仅是他的一小部分。明明是未婚妻,对清霞的了解却不如周围的人多。这让美世有些失落。可自己总不能主动去问吧?而且,就算知道了,她也做不了什么。但即便如此,美世还是想去了解。

他们之间隔着三个拳头的距离,美世的手放在长椅上,清霞把手轻轻地覆了上来。

"因为这个而感到开心,似乎也不太对劲。"

"哎?"

"就算你知道了我的一切,我也绝不会不高兴的。"

清霞那双略带蓝色的美丽眼睛终于看向这边。

清霞总是在为美世着想。一直以来,美世都在单方面地接受着清霞对她的关心。她为了处理自己的事情忙得不可开交,还总让清霞配合她,但只是这样还不够,从今以后,美世也想和清霞相互扶持,所以,如果清霞允许的话,她想进行更加深入的了解。

"不过,你也知道,我没什么特别有趣的事情。"

"不是有趣的事也没关系啊!"

清霞随即笑了起来。

"哈哈哈!"

最后他实在没忍住,开始开怀大笑。

美世还是第一次见清霞笑成这样。

"好……好了!您笑什么呢?"

"不是,抱歉。我发现,我好像误会了很多事情。"

"误会?"

看到美世一脸不解,清霞收起笑容,认真地点了点头。

"说起来也挺难为情的,对于这次的事情,我远比想象中要

摇摆不定。我不愿让你看到这样的我。"

"哎……"

"现在想想,这种装模作样真是无聊透顶。但是,说实话,我一直在担心,你会不会被这样的我吓到,然后讨厌我。"

听到如此出乎意料的解释,美世不由得眨了眨眼。

被吓到、然后就会讨厌他什么的……这种事情,明明不可能发生呀。

"虽然我也相信你不会离开我。"

"当然了。我已经决定了,哪怕是老爷亲口说出要我离开,哪怕是真的发生了什么让我们不得不分开的事情,我也绝对会追赶上老爷的。"

美世坦率地表露着自己的内心,这款款道来的样子连她自己都吃了一惊。但美世的决心也更加坚定。

"放心吧,我也绝不会放开你的手。"

"……嗯。"

他们互相凝视了许久,美世突然想起了一件重要的事情,回过神来。

现在问的话,是不是正合适呢?虽然美世还是有些难以开口,而且不愿提起,可如果不确认好这件事,问题就无法彻底解决。

她做好最坏的打算,终于开了口。

"老爷。"

"怎么?"

"老爷和薰子小姐……曾经是情侣吗?"

清霞的笑容瞬间僵住。

"……你为什么会这么觉得?"

"过去不是有传言说你们俩要订婚嘛。薰子小姐人很好,长得也漂亮……在我看来啊,老爷似乎也并不讨厌她呢。"

直到刚才,清霞都在安静地眯着双眼。可现在,他的眼神越来越可怕,语气也不像刚才那般温和了。

不知是不是美世的错觉,天气本就寒冷,现在温度似乎又下降了不少。

"怎么就似乎也并不讨厌她了?"

"那个……这个嘛……"

"抱歉,怪我。"

他生气了吗?这一瞬间,美世心惊胆战。可清霞却低头向她道歉,这着实让美世吓了一跳。

"老爷,您怎么……"

"我和阵之内什么都没发生过。以前是,现在也是。"

"哎?可是……"

看起来关系那么好,真的什么都没有过吗?

薰子不同于清霞讨厌的那些千金小姐。她长得漂亮,性格温顺,人也可爱,没有什么让清霞特别讨厌的地方,所以他们关系一直很好。

想到这儿,美世的胸口还是有些隐隐作痛。

知道了清霞和薰子之间什么都没发生过,美世总算放心了一些,但她越想越不明白,这二人的婚约为什么会作废。

"如果因此让你感到不安,十分抱歉。都怪我一开始没和你解释清楚……这么说来,最近你总是欲言又止的,难道就是因为这个?"

"是的……"

美世心里害怕,所以一直没问出口。如果听到清霞说出他和薰子以前是情侣,美世大概会极度不安吧。

"哎呀,这也是我想太多了吗?"

"嗯?"

"没什么。我们回去吧。"

"好的。"

在返回军本部的路上,清霞再次轻声对美世说道:"美世,从今以后,如果你想知道关于我的事情,我希望你可以直接来问我,不用有所顾虑。出于工作考虑,我可能不会全部都告诉你,但我会尽我所能与你坦诚相对。"

"好的!"

早知道是这样,早点儿鼓起勇气问清楚就好了。美世开心极了,步履也跟着轻快起来。

薰子从医院里跑出去之后,就回到了执勤所。因为还是上午,她难得的休假还未结束。

她晃悠到空无一人的食堂,盯着杯中摇曳的水面发呆。

"你啊,是不是还爱慕着队长呢?"

五道这句话太扎心了,薰子忍不住想了一遍又一遍。

她从一开始就知道,自己的单恋是绝对不会有结果的,所以,自己本该在十几岁的时候就放弃。

可直到被清霞拒绝的时候,她才明白:原来,他并不喜欢自己。

这之后,她整日以泪洗面,茶饭不思,整个人颓靡不振。

不过,那个人也拒绝了和其他人订婚,所以她说服自己,就算是同事,能陪在他身边的自己就是最特别的存在,然后重新振作了起来。

可是,当他喜欢的女人出现在自己面前时,薰子再也无法继续默默旁观了。

薰子觉得自己简直就是个小丑,也意识到自己的某些行为可能伤害到了美世。可她看到美世闷闷不乐的样子后,反而觉得痛快,所以无论如何都停不下来。她自己都觉得,被嫉妒控制、冲动行事的自己太丑陋了,甚至令人作呕。

在见到美世并与之相处的这段时间里,薰子深深地感觉到,她赢不了美世。

美世这样的女性魅力——贤淑、稳重、单纯和温柔——薰子

一个都没有。

如果清霞爱的女人是美世,那不管薰子再怎么努力,清霞也不可能选择她。她刚认识美世的时候,和美世说过"我们俩挺像的"之类的话,但同样作为女性,她们二人的生存方式却完全不同。

想到这儿,薰子眼角温热,眼前的杯子变得模糊、扭曲。

如果自己更有女人味的话,如果自己像美世小姐一样的话,或许清霞就能回头看看自己了……

这段时间,薰子总是在想这些没用的事情,这样的自己让她从心底里厌恶。

"阵之内。"

一滴温热的液体滑落到手边的同时,薰子听到有人轻轻叫了她一声。

她抬起头来。

"……薮长先生。"

不知何时站在一边俯视着她的,是这个食堂的老板薮长。他以前也是一名军人,现在是厨师。

"有……有什么事吗?"

快到中午了,厨房应该特别忙才对。

听到薰子这么问,薮长默不作声地递给她一块纯白色的手帕。

"那帮臭小子们马上就要来吃饭了,你在这儿哭,我会很难办的。"

薮长的话虽然有些刺耳,但他在百忙之中,专程离开厨房,借给薰子手帕,这些行为无不传达着他对薰子的担心。

"……谢谢了。"

嘴上道谢的同时,眼泪又流了下来。薰子接受了薮长的好意,接过手帕,擦拭着泪水。

这时,薮长突然"哼"了一声,然后用下巴示意她看向食堂门口那边。

"哎?"

薰子转过头去,看到美世正在探着头张望。

"你们回来得挺早呀。"

薰子招呼有些顾虑的美世进来,然后坐到她旁边。

薮长收走了刚才薰子手边的水杯,又拿过来两盏盛着热茶的茶碗。

"中途还绕到了别的地方,所以也不算早……"

美世微微歪着脑袋,说话语气犹豫不决。

她肯定是从医院出来后,和清霞开心地闲逛去了。一想到这些,薰子心口的伤又开始往外渗血。

尽管她很瞧不上这么讨厌的自己,可还是忍不住嫉妒美世。

"那什么,薰子小姐……"

"怎么了?"

"……对不起。"

薰子已经做好了准备,等着听美世说些什么,但听到她居然向自己道歉,薰子不禁怀疑自己的耳朵。

为什么她会向我道歉呢?薰子有些迷茫。不管怎么想,不管在谁看来,该道歉的都应该是薰子,而不是美世。

越这么想,薰子就越生气,尽管她也明白自己并没有怨恨对方的理由。想到自己一直都小心翼翼的,尽可能地不把心中丑恶的嫉妒之情表现出来,现在薰子觉得这样的自己太傻了。

"为什么?"

薰子向美世提出疑问,声音比想象中还要低沉。

可美世好像没有注意到薰子的异常,一脸惭愧地说着道歉的理由。

"之前是我误会了。我听说薰子小姐曾是老爷的未婚妻候选人,所以就在想,你们俩会不会……那个……曾经关系特别亲密。"

薰子不由得握紧了拳头。

要真是有过美世说的那种亲密关系,该多好啊。薰子已经在梦里见过无数次了。

"我大概就是因为这样的误会,之前才会一直嫉妒薰子小姐吧。"

听到这句话的瞬间,薰子的情绪一下子爆发了。

"为什么!"

她大声吼着,猛地起身,几乎要把椅子弹出去。这架势把一旁的美世吓得满脸惊愕。

看到美世那张美丽的脸庞,薰子更生气了。尽管这么做有些蛮不讲理,可她已经完全无法控制自己的情绪。

"这不是什么误会,不是说句误会就完事了。我和久堂少校的确不是特别亲密的关系……可我是真的喜欢他!"

美世彻底愣住了。

"他对自己和别人都严格要求,却比任何人都要为同伴着想。很久以前,我就开始爱慕这样的久堂少校了!把他当作男人来喜欢!比你早很久很久!"

薰子任凭奔涌而出的感情随意流淌,把积蓄已久的不满一股脑地撒给美世。

"你之所以会嫉妒,是因为我先对你产生了嫉妒,在你面前刻意表现出比你了解久堂少校的样子,就是为了炫耀。"

比如,说一些美世不了解的过去的事情,一有机会就让美世意识到两人的差距……

薰子想让美世知道,自己和清霞认识的时间更久,回忆更多,也更了解清霞。

她不愿承认,美世站在了她怎么也抵达不了的地方。

"薰子小姐……"

"可为什么是你向我道歉呢?明明是我不好,可先道歉的却是你,这搞得我很无地自容。"

这听起来完全是薰子在单方面找碴。美世被她这样责难,估计也会感到困扰或愤怒吧。

无处安放的愤怒、悲伤和愧疚混杂在一起,让薰子心乱如麻,她无力地瘫坐下来。

"对不起……"

泪水和道歉的话同时喷涌而出。自己任性地发脾气、哭闹——这样可笑又麻烦的自己,真是令人讨厌到无可救药。

看着垂着头的薰子,美世缓缓开口说道:"薰子小姐,我大概能够明白你现在的心情。我也一样,从见到你的第一面起,就十分羡慕。"

"……羡慕我,怎么会……"

薰子觉得自己没有任何值得羡慕的地方,可美世却轻轻摇着头。

"我也想像你一样,能够和老爷并肩作战。可是,我无法战斗,也不能熟练使用异能,所以才会特别羡慕你。"

美世向薰子伸出了手。她的手有些粗糙,还有伤痕,一点儿都不像普通的千金小姐的手。

"我们还能做朋友吗?"

薰子无法回答。

"可能我们俩真的很像呢。不过,我们也一定有对方不具备的东西,所以才会如此嫉妒对方,并且为此焦躁不已。"

眼前朝自己伸出手的这个女人的声音,如波澜不惊的湖面一般平静,柔柔地渗入薰子的心中,治愈着她伤痕累累的心。

原来,自己能够介入的缝隙……从一开始,就不存在。

薰子早就感觉到,美世才是适合陪在清霞身边的那个人——是自己永远也比不过的那种女人。

"……和一个人相互了解,是一件困难的事情。不过我们已经足够了解彼此了,这样的话,我们就能比以前关系更好。你觉得呢?"

薰子不知道,自己是否可以握住这只手。

她沉默着。

她还隐瞒着另一件事。这件事要是暴露了,薰子就再也无法安稳度日。比起让美世讨厌,这是个更重大、罪孽更深重的秘密。

如果薰子握住这只手,可能会让美世成为罪人的朋友。

可她还是没能抵挡得住这个诱惑,不自觉地握住了美世纤细的手。

"如果你愿意的话,我还想和你做朋友。"

听到薰子的这番真心话,美世露出温柔的微笑。

"好的。那还请多多关照,薰子小姐。"

带着互相理解的欣喜和强烈的罪恶感,薰子那沾满泪水的脸上终于露出了一丝久违的笑意。

第五章　无所畏惧

新游走于帝都的各个角落。

在下定决心要抓到甘水直后,以谈判者身份示人的他向公司请了长假,倾尽全力专心追寻甘水的踪迹。

最近,帝都变得相当寒冷,已经完全步入冬季,不仅呼出来的气会变成一片白雾,就连戴着手套的手指都会因过于寒冷而冻僵,无法自如地活动。

新独自一人寻访了所有同甘水有关的场所:同甘水家有关联的地方、前些日子被军方查获的异能心教的据点附近……他试图从中找到蛛丝马迹,但遗憾的是,至今他仍未完全掌握甘水的藏身之处。

不过,也有了一些眉目。

他混入人群中,快速赶往自己的目的地。

虽然甘水用一连串冠冕堂皇的说辞来掩饰,但他的目的,一言以蔽之,就是俗不可耐的要统治帝国而已。这样的话,那个男人——天皇——迟早会被甘水盯上的!

想要随心所欲地统治帝国,不管是得而诛之还是挟天子以令诸侯,甘水都得妥善处理天皇,并将其权威牢牢掌控于自己手中。

现在,帝国的实际掌权人是皇子尧人。就算是甘水,想要对尧人出手也相当困难,毕竟,宫内省全员出动在宫城外布下了强固的结界。这个结界不仅能屏蔽异能或法术,还能反弹指定的人或物,并且只有结界内部的人才能指定想要屏蔽的对象。只要被设定为被屏蔽的对象,就算是甘水也无法入侵结界内部。

虽然新也知道并不是有了结界就万事大吉,但至少这不是不堪一击的防御。这么分析下来,甘水可能会先对天皇出手,至少,新是这么想的。

不过,比起天皇,他也有可能打算先得到美世。但如今,在某种程度上,对美世的保护力度可能比尧人还要大。

对异特务小队执勤所除了是拥有强大异能的战士的集结地,现在还布下了同宫城一样的结界。不管甘水的异能多么强大,对这种地方出手的话,也一定会吃瘪。所以,最先遇到危险的只会是天皇。

天皇目前待在同宫城有一段距离的小宫殿里。那宫殿同尧人所在的宫城位于同一腹地,但因天皇已经虚弱得无法行动,也失去了天启之能,所以比起尧人,负责保护天皇的警卫力量相对薄弱一些。

　　在尧人居住的宫城或对异特务小队执勤所外围布下的那种结界,至少需要十名施术者来共同完成,维持结界所需的人力也同样多,想要扩大结界保护的范围,就需要调动更多的施术者,因此,同时开启结界保护尧人和天皇是很不现实的。

　　到达能窥见宫城正门的地方后,新若无其事地四处查看。果然如他所料,那看似普通的行人中混进了几个散发着诡异气息的家伙。

　　"是传闻中的人造异能者吗?"新皱起眉头自言自语道。

　　不是异能者的话,恐怕很难察觉到这种异样感。现实情况就是,宫城门口的守卫并未做出任何反应。

　　但是,说是对异能心教的行动采取了高度戒备,警卫还是这般迟钝,不得不说宫内省的应对能力还是太差,至少应该在门卫中安插几名异能者或术师吧。不过,也可能是宫内省的人尚未完全理解甘水直到底有多危险,不管怎么说,这里的防御系统真是漏洞百出!

　　就在新思考着这些时,一辆小轿车停到了宫城正门附近。

　　随后,一名身穿和服、枯瘦如柴、衰老不已的男人,在数人的搀扶下慢慢从宫城内走了出来。

　　这是陛下!新非常震惊。

　　天皇在区区数人的陪同下离开宫城,门卫们竟然不觉得可疑,他们竟然对这么不合常理、疑点重重的情况视若无睹?

　　难道甘水直就在附近?

门卫和经过的路人的视觉恐怕已经被甘水直用异能扭曲了吧？这样的话，甘水直应该就藏身在能窥探这附近的地方。

甘水到底在哪里呢？

新环顾四周，在他视线所及之处，均未发现甘水的身影。说到底，甘水若是施展了让他人无法看见他的异能，新也无计可施。

但是，对抗薄刃家异能的手段也并非不存在。

新将本家能算得上资料的东西都翻了出来，经过彻底的调查后，他总算找到了自己想要的东西。因为是早古时期的记录，加之是来自薄刃本家的情报，所以甘水直应该并不知晓。

只是，使用这个手段必须慎之又慎，一旦被甘水发现，他很可能会想出应对之策。

就在新无计可施之际，天皇与陪同他的男性一起坐上了停在宫城正门附近的轿车。

"啧。"新罕见地咂了一下舌头，随后开始制作追踪式神。

徒步而来的他无论如何都没法追上轿车，只能先派式神去追踪那辆车子，之后再想办法跟上去。

他用纸片做了两个式神，对其中一个仔细地施以伪装术后，派其追踪带走天皇的车辆，另一个则被印上了薄刃家的印记，以便让接收者明白这是他派去的式神，接着他在式神身上写下要传达的讯息，将其派往对异特务小队执勤所。这样，清霞应该会采取相应行动。确认轿车在没有引起任何人注意的情况下离开

后，新拔腿追了上去。

距离美世和薰子再次决定要做好朋友已过去了几天。尽管已经完全进入冬季，但是日子依旧没有任何改变。美世还是每天都跟清霞一起去对异特务小队执勤所，在那里帮忙做些杂活。

在走廊上扫地时，美世望向隔着一段距离、在做相同工作的薰子。

薰子小姐那时明明笑了的……美世有些担心。虽然薰子平日总是一副开朗的样子，但在某个瞬间又会露出黯然的表情。

几天前，薰子向美世坦白了自己是因为嫉妒她，才故意做了让她受伤的行为，美世也选择原谅薰子，并认为二人间的心结就此化解了。但是，有时薰子还是会不经意地露出忧心忡忡的表情。美世也是一样，若说自己是否打从心底里振作起来了，答案是否定的。不知甘水何时会突然出现在自己眼前，还有来自小队队员的冷漠的视线，美世的烦恼也是堆积如山。

尽管如此，当她看到薰子那仿佛被逼得走投无路般的表情时，她总是放心不下。

终于，在一天中午，一件事打破了这表面上平静如水的生活。

这天,美世结束清洁工作并在厨房帮忙准备完午餐后,和薰子一起去了茶水间。注入冷水的水壶在加热后不断发出"呜呜呜"的声音。

"需不需要准备一些与茶水相配的点心呢?毕竟已经快到午餐时间了……"美世盘算着,"薰子小姐?"

她捧着点心盒子询问着身旁的薰子,却没得到任何回应。

美世看向身旁的薰子,发现她正心不在焉地望着一处发呆。

"薰子小姐?"

"唉?……啊,对不起。"

在美世又叫了她一声之后,薰子终于意识到美世在叫她。

薰子对待工作一直是很认真的,作为美世的贴身护卫,从来不曾掉以轻心,这点美世看得很清楚。但是现在,她的心思似乎完全不在这里。

薰子到底怎么了?美世越发担心起薰子来。

"薰子小姐,你哪里不舒服吗?"

"没有的事,我好得很呢!"

"可是……"

不是身体不舒服的话,就是在烦恼着什么吧?美世很想问问她,又觉得难以启齿。薰子喜欢清霞,在美世认识清霞之前,就一直喜欢着清霞。可是,清霞选择的不是她,而是美世。基于这层关系,再怎么说要做好朋友,美世也不知道应不应该去追问薰子的苦恼。她很犹豫,就算薰子的烦恼同清霞选择自己一事

无关,美世也鼓不起勇气追问。

"对不起,让你担心了。大概是因为日子太平静了,我有些松懈了。"

薰子一如往常地"哈哈哈"笑了几声,但这样的她总让美世觉得不太自然。不过,既然薰子本人都这么说了,大概那是连朋友都无法诉说的烦恼吧。还是说,只有美世自己觉得彼此是朋友呢?如果是这样的话,就太让人伤心了。

最后,二人将泡着绿茶的三个茶杯放至托盘上,端着托盘前往清霞的办公室。

"老爷,是我,美世。"美世在门口说道,随即里面传来"进来"的应允声。

清霞今天也像往常一样埋头处理着大量的文件。目前,异能心教并没有采取什么明显的行动,对异特务小队也仍然需要处理与异形相关的一般案件,甚至有一部分队员为了驱逐异形,已经出差前往了偏远的地区。

老爷果然很忙……美世心想。

她将茶杯轻轻放到清霞的办公桌上。

"老爷,马上就要到中午了,要不要稍微休息一下啊?"

"好。"

清霞没有停下手头的工作,只是下意识地回复着。如果继续唠叨让他休息,恐怕会打扰他办公吧。美世跟薰子面面相觑后,还是一起离开办公桌旁,在沙发上坐了下来。

"真暖和！"

热腾腾的绿茶似乎能浸透冻僵的身体的每个角落。坐在一旁的薰子也捧着茶杯小口小口地喝着茶，脸上也没有了刚才那副严肃的表情。

就在这时，清霞突然起身，走到办公室的窗前，打开了窗户。

"老爷？"

不知发生了何事的美世抬起头，只见从窗外飞进来一个白色的东西，她对那种东西有点儿印象，那是异能者常用的用于联络的纸制式神。

式神借着风力，在空中轻巧地翻了个跟头后，落在了清霞的掌心。清霞立马用目光找寻式神身上的信息。

"这是……"

在清霞因震惊瞪大双眼的同时，办公室的门被人粗暴地敲击起来。

"队长，是我，百足山！"

"进来！"

进入办公室的百足山看起来非常慌张，脸色也是一片惨白。

"呼！"

这时，美世发觉身旁之人屏住了呼吸，不禁转头望向薰子。

"薰子小姐？"

"没……没事……"

与她"没事"的说法完全相反，薰子本人的手和声音都在不

停地颤抖。这也让在她身旁的美世很明显地感受到了她的恐惧与害怕。

或许薰子她知道些自己所不知道的事吧。美世尝试着解释薰子的反常。

或许在自己不知晓的某处发生了什么大事,只是唯独自己没察觉到事态的严重性。虽说这也不是没有可能,只是美世总觉得有些不太对劲。

不过,美世的思考很快便被迫中断了。

清霞突然用拳头重重地捶向桌面,办公室里瞬间响起巨大的撞击声。

"竟然敢对陛下出手!"

清霞低沉的声音中透露出极致的愤怒。

陛下出什么事了吗?美世一头雾水。

现在,天皇在其子尧人的安排下几乎完全处于被软禁的状态,不过,对美世来说,他也算是跟自己有关系的人。

难道是甘水直终于采取行动了?看着一脸严肃的清霞和百足山,美世不安的心脏剧烈地跳动起来。

"现在正在追查陛下的行踪,一旦找到……"

"不,当时在事发现场发现此事的薄刃一族正在追踪他们,应该很快就能清楚他们的目的地了。"

薄刃一族指的就是新。

回想起来,美世已经有阵子没见过新了,他应该一直都在独自奋力追查异能心教的事。这样说来,肯定是甘水跟异能心教有所行动了。

美世咽了一下口水,认真听着二人的对话。

"……薄刃能够信任?"

听到薄刃姓氏的瞬间,百足山的表情变了。

"你不信任薄刃一族吗?"

"我对薄刃新这个人了解不多,所以我会觉得存在甘水同薄刃一族联手的可能性,这不是理所当然的?"

话音落下的瞬间,美世觉得百足山似乎看了自己一眼。

美世觉得自己已经尽最大努力恪守本分了,但想要获得信任,只是这样恐怕还远远不够。百足山的视线似乎也传达了这个意思。

清霞没有回应百足山,只是一脸严肃地陷入深思。

陛下出了什么事吗?阿新表哥正在追踪……既然这样,清霞和对异特务小队应该也会采取行动吧……

回过神来时,美世已经介入了清霞同百足山的对话。

"老爷,我会老实待在这里的,所以您去找陛下吧!"

"美世!"

总是过度保护她的未婚夫紧锁着眉头摇了摇头。

"我认为,应该优先去救陛下。"

虽然美世清楚自己已经被甘水盯上了,跟清霞分开她也很不安,但是身为听令于天皇的异能者,在天皇被人劫走之际,岂

能袖手旁观?

听到美世这么说,百足山却面露难色。

"请您摆好自己的立场,这不是身为局外人的您能指手画脚的!"

听到百足山的严厉指责,美世条件反射般浑身僵硬起来。

"……对不起。"

百足山说得对,对军方的工作提出意见,真是逾矩了。

仔细想来,必须去营救天皇一事,清霞和百足山岂会不知?既然对方是异能心教,就必然需要可以用异能进行对抗的对异特务小队出马!

自己真是多嘴!美世不禁有些懊恼。

这时,清霞平静地开了口:"百足山。"

"在!"

"你留在这里,驻守执勤所!"

"什……"

上司的指令让百足山瞠目结舌。

"为什么?!我明白驻守执勤所也很重要,但是我也一直在追查异能心教一事,这也是我的工作,和队长您一起行动不是理所当然的吗?"

看着眼前言辞激烈、一脸愤愤不平的部下,清霞却是一派淡然。

"正是因为重要,所以才交付给你,你有怨言?"

"这……"

清霞一边说着,一边拍了拍一脸不甘、面部扭曲的百足山的肩膀,并伏在他耳边轻声说了些什么。百足山先是露出了恍然大悟的表情,而后,美世发觉他似乎看向了薰子。

薰子小姐……美世十分不解。

从刚才开始,薰子便只字未言。美世转头看向她,一脸困惑。

薰子没有发现百足山和美世向自己投来的目光,只是一脸苍白地低垂着头,轻轻地颤抖着。

美世觉得薰子看起来很不对劲,她现在的样子已经不是有点儿奇怪的问题了。

"薰子小姐,你的脸色看起来很不好,要不要去医护室休息一下啊?"无法再沉默的美世开口问道,薰子这才慢吞吞地抬起低垂着的头。

"我没事的……"

她的声音听起来很虚弱,嘴唇也在不停地颤抖。

虽然美世很担心她,但她本人说了没事,其他人也不能再说什么。

百足山班长留下来或许也肩负着监视薰子的任务吧?美世猜想。

美世一手搂着薰子的肩头,一手扶着她,向清霞和百足山投去请示的视线,百足山像认命似的叹了口气,清霞则向她点了点头。

"百足山,你马上确认警卫的部署,我会去组织追踪小组的。"

"遵命!"

百足山快步走出办公室。

清霞佩带上放在一旁的军刀,穿上冬季制服外套,走到薰子面前。

"阵之内,你也要听从百足山的指示,全力守卫执勤所!"

"……是!"

薰子面色苍白、摇摇晃晃地走出办公室,那背影看起来实在太过单薄,美世心里涌起强烈的不安。

"美世。"

"是。"

目送薰子的背影离开后,美世转头看向自己的未婚夫。

"正如你刚才听到的,之后我不能留在执勤所了,这里虽然有结界,但也不是万无一失,你一定要多加小心!对不起……不能守在你身边。"

"没有的事!我都明白的!"

可怕!只要想象一下与甘水再次相遇的情形,美世就觉得头皮发麻。但是,她也下定了决心。虽然自己能力有限,但她也会尽力做好自己该做的事。即使无法成为战斗力,她也会努力让清霞放心,乖乖等他回来。

美世压抑着心中的恐惧,露出了微笑。

"我会好好地待在这里,等着您回来。所以,老爷您也要多加小心,平安归来!"

清霞伸出双臂,将美世的身体拉近。下一瞬,她已被清霞拥入怀中。清霞的双臂用了很大力气,却也温柔无比。

"我真的不想离开你。"

"老爷……"

美世丝毫没有害羞,顺从自己的内心,抬起手臂回抱了清霞。

"要是你发生了什么事,我……"

冷酷无情、灭绝人性的军人——令人闻风丧胆的清霞也会有感到恐惧的时候。担心、害怕的心情,是人就无法避免。

两人静静地相拥了很久,像是在互相确认着彼此的存在,又像是在祈祷什么。

清霞带着两支队伍,离开了对异特务小队执勤所。美世、薰子、百足山以及百足山组编小队成员则是坚守在执勤所,暂时按兵不动。在执勤所大门外,也埋伏着一支小队。

薰子看起来已经比刚才平静多了,但她的脸色还是很苍白,话也少了。

"请你配合,不要擅自采取任何行动!"百足山严厉地向美世警告道。

虽然他带着不信任美世及薄刃一族的个人情感,但抛开这些,美世很清楚地知道,他对自己的职责有着强烈的责任感。美

世没有说什么,朝他点点头。

美世握紧了手中清霞送给她的护身符,这似乎是强化了上一个护身符功效后的改良型。至于到底强化了哪里、又有何作用,清霞并未告诉她。美世跪坐在武道场正中央,而小队队员们则是围成一个圈,将她团团围住。这个武道场只有一个入口,为了不遗漏任何一处细微的变化,全员注意力都高度集中。

美世紧紧握住掌中的护身符,祈祷着神灵庇护。

没问题的,没问题的!清霞一定会马上回来的。所以,在这期间,自己只要乖乖待在这里就好,他们一定能回到以前的平静生活。

寂静笼罩着整个武道场。美世能够感觉到,在场的所有人都屏息静气,竖起耳朵,集中精力感知着任何可能的异变。然而,美世的祈祷和这沉默还是被打破了。

"结界被打开了!"

百足山的喊声传来的同时,在场的所有人瞬间起身,做好了备战姿势。美世慢了半拍才站起来,她紧张得手脚都僵硬了。

结界……怎么会!美世有些吃惊。

虽然清霞也说过,有了结界并不等于万无一失,但是这等坚固的结界被解开的可能性应该是微乎其微的。

"哎呀,诸君皆在啊,烦劳久候,鄙人荣幸至极!"

听到这个声音的瞬间,美世的心脏剧烈地跳动起来。

鉴于天皇已被带走,清霞带着队员,火速赶往了新告知的地点。

要不是继新传来他看到陛下被人带离的消息后,又从百足山那里得到了来自尧人的密令,清霞简直怀疑自己的视觉和听觉被甘水操控了。既然是来自下一任掌权人的尧人的密令,又有新派来的式神的消息,二者相佐,陛下被带离一事确凿无疑。事关天皇,身为对异特务小队队长的清霞责无旁贷。

"薄刃,现在是什么情况?"

清霞带着部下来到了被告知的地点,只见新已经在那里等候。

"陛下就在前面!"新指着一条通往海岸的街道说道。

得知天皇及带走天皇的家伙的目的地同海有关后,清霞生出了一种不祥的预感:万一他们已经乘船离开了,再追就难了。

"那些人似乎没打算杀了陛下,对待陛下的态度也是恭敬有礼,目前我也尚未看到他们靠近港口,我猜测,他们或许是打算去皇家别墅附近吧?"

新在说出自己的推断的同时,将追踪的式神的视野同清霞做了共享。对于新的猜想,清霞也没有异议。

这个时间点,就算杀了天皇,异能心教或甘水也讨不到半点儿好处。细究起来,天皇也是拆散甘水和薄刃澄美的罪魁祸首。所以,甘水本人可能也对天皇怀恨在心。

他们是打算把皇家别墅作为潜伏地吗?清霞暗暗思忖。

皇家别墅和皇居、宫城一样,同属宫内省管辖。考虑到之前宝上家的异能者脱离监视的情况,政府内部可能已经渗入了异能心教的势力。

"你看到甘水了吗?"

"至今还没发现他,不过,在天皇被带离皇居时,我在现场很明显地感受到了甘水的异能。所以,他肯定通过某种形式参与了此事。"

听到这里,清霞用手抵着下巴,陷入沉思。

这样继续追踪天皇真的对吗?虽然清霞必须遵从尧人的命令,但眼下的情况,怎么看都像是个陷阱。甘水极有可能只是把天皇当个幌子,其实是为了对尧人或美世出手。

所以,清霞才会将值得信赖且实力不凡的百足山留下,五道不在,这是最好的安排。可如果现在甘水真的攻入执勤所,没有清霞或新这样的强大异能者在场,也很难有人能与之抗衡。执勤所大概会被瞬间攻下,百足山和薰子根本毫无抵抗之力。因此像现在这样,清霞和新都集中处理天皇被带走一事并非良策。

"少校,要不你回执勤所吧?"新突然这么说道,从他的表情中读不到任何感情。自从知道异能心教的祖师是甘水直之后,他的性格就变了。不,应该说,他开始不再掩饰真实的自己了。

"……不可能,我是这里的负责人,怎么能离开!"

清霞明白,新是出于和自己同样的考虑才说了这话,可他无法接受这个提议。

"但是,少校你也应该明白吧?劫走陛下可能只是调虎离山之计,不,这么说或许也不全对,毕竟,得到了天皇就等于得到了足以让全帝国服从的权威,对他们也是有利的,但是,他们真正的目标恐怕是……"

"美世吗?"

不知不觉中,清霞已用低沉的声音脱口而出。

"就是这么回事!甘水虽然背弃了薄刃家,但他骨子里比谁都执着于薄刃家的禁锢,所以,对那家伙来说,美世是无价之宝!"

说罢,新转头望向清霞。

"做决定吧,少校!"

新的瞳孔中透出做好赴死准备的光芒。

看着这样的新,被职务束缚、无法表态即刻前去守护美世的自己,真是太丢人了。但是,明知事态会如何发展,身为军人,清霞也只能做出这样的选择。

"我……"

正当清霞打算再次拒绝时,一辆军用汽车飞速驶至近前,在一声尖锐的刹车声后,车猛地停了下来。

"是谁?"

除了在场的队伍,清霞没听说还会有人来。

一名身穿军装的强壮男人从车里走了下来。

"清霞,是我!"

"少将!"

这名身体结实又高大魁梧的男人正是对异特务小队的最高领导人——大海渡征。

大海渡昂首挺胸地走至清霞等人面前,高声传达旨意。

"尧人殿下有令,久堂少校,请你立即返回对异特务小队执勤所!其他人现在开始听我指挥,随我继续追踪劫持陛下的造反者!"

"少将,这么做……"

对清霞来说,这命令确实是他求之不得的,正因如此,他才会觉得难以置信,忍不住出口询问。

这行为是要被斥责的,但看到清霞的反应,大海渡却朝他微微一笑。

"尧人殿下要我代他向你道歉,他说,命令你前来追踪劫走陛下的人是他的失误。迟了一些才给出天启的指示,他觉得相当抱歉。"

尧人是依据天启的指示对清霞下达这一命令的,也就是说,天启预示了执勤所需要清霞守护的未来。

果然,甘水的目标是美世!

"遵命。"

清霞向大海渡轻轻低头致意后,转身离开了现场。

"少校,美世就拜托你了!"

清霞对身后传来的嘱托点了点头,然后独自飞奔向未婚妻所在。

当下,大家受到的冲击、震惊之大难以言说。那个不应该出现、也看不到的身影突然传来声音。

"美世,吾来接汝了!"

被对方点名后,美世屏住呼吸。

那声音听起来离自己非常近,但是无法得知那个人——甘水——到底在哪里。这实在令人既恶心又毛骨悚然。

百足山和薰子马上前来保护美世,但因看不到对方,他们也无计可施。

"甘水直,你在哪里?给我出来!"百足山愤怒地喊道。

没想到,那声音的主人意外地直接现身了。男人的身体轮廓慢慢清晰起来,在原本空荡荡的背景中出现了一个人影。

来人留着深茶色的短发,戴着圆框眼镜,与之前一样目露狰狞之光,斗篷下依旧是日式裤裙,真真切切地站在那里!

"多谢尔等盛情欢迎。不过,吾本以为进来得能更轻松一

些呢！尔等之警备远胜于吾之预想。不愧是久堂清霞，令吾敬佩！"

不知哪里有趣，甘水"哈哈哈"地笑起来，这笑声让人直起鸡皮疙瘩。此刻不知是谁咽了一口唾液，那声音被放大，显得十分清晰。

在无人察觉的状态下，武道场通往外面的大门已被完全打开，看来甘水似乎是通过异能，光明正大地从正门闯进来的。

甘水和美世等人之间只隔了大概十步的距离。虽然现在甘水止步不前，但在场的人均不敢轻举妄动，可以说，在场所有人的性命都握在甘水手中。

现在该怎么办？美世苦苦思索。

甘水的目标是美世，再这么对峙下去，对异特务小队全员都将陷入危险之中。至少，负责保护美世的薰子或百足山绝对会遇到危险。难道自己要为了自己的安危一直沉默，眼睁睁地看着其他人为自己丧命吗？

"你是怎么闯进来的？"或许是为了拖延时间，百足山开口问道。

而甘水似乎也察觉到了百足山的想法，眯起眼睛像是在看什么好玩的事，随后，他说出了让众人怀疑自己耳朵的内容。

"很简单，只要从结界内部动点儿让吾能进来的手脚即可。"

"你在……开什么玩笑！"

"很遗憾，吾并未戏言，但吾能理解汝不愿相信此事之心。"

美世用双臂环抱住自己的身体，拼命压抑着颤抖。她不懂结界的详细构造，但是甘水的话很明确地暗示了对异特务小队中有叛徒。

"你是说，对异特务小队里有和异能心教串通之人？"

"然也，此言很难理解吗？"

"不可能……"

"尔等还是正视现实为好，吾已出现在此，无疑证明有人助吾冲破结界。"

百足山心有不甘地沉默起来。

见状，甘水笑意更深。

"汝既有不解，吾就大发慈悲地告诉汝，吾是如何进来的吧！"

甘水用带着强烈感情的双眸缓慢地望向内奸。

一开始，美世以为他看向的是自己，但是，不是！

甘水的视线笔直射向的是薰子！

"阵之内薰子小姐，感谢汝鼎力相助！"

瞬间，现场的气氛不安起来。

美世感觉自己脑中一片空白，队员们似乎也忘记了大敌当前，军心动荡，开始议论纷纷。

"薰子小姐，为什么……"

回过神来时，美世已呆呆地质问出声。

闻言，薰子的双肩狠狠地上下缩了一下。她缓缓地回过头，

望向身后的美世。薰子那带有攻击性的漂亮脸蛋此刻惨白得宛如一张白纸,毫无血色。

"我……我……"

"这是真的吗,阵之内?"百足山用平静的语气问道。

双唇颤抖不已的薰子,看起来全身都染上了绝望的色彩。

"我……"

"汝如实告之便是。是吾指示之事以及汝之处境,或可博取些许同情。"

薰子依旧保持着沉默,紧咬着颤抖的嘴唇,低下了头。

大家全都屏气凝神地望向她,带着难以置信的心情等待着她接下来的话。

然而,她还是沉默不语,这就等同于肯定了甘水的话。

武道场内响起了百足山的怒吼。

"阵之内,你倒是说话啊!"

薰子颤抖着摇了摇头。

看着起内讧的美世等人,甘水一脸饶有兴趣地站在那里袖手旁观。

"吾倒认为,一言不发与承认无异,直截了当地挑明不是更好吗?"

听到甘水的嘲笑,薰子咬牙切齿地喊道:"是啊!是啊!就是你说的那样,我按照你的要求对结界动了手脚,所以也请你遵守约定,放过家父!"

看着面色发青的薰子质问甘水的模样,在场的人都哑然了。就连百足山也只是盯着薰子,说不出一句话。像是要跟困惑不已的同伴撇清关系一样,薰子没有回应众人的眼光,只是死死盯着甘水。

"这是自然,汝父及汝本家之武道场皆安然无恙。毕竟,吾自始至终并未对其下手。"

"什……"

"从一开始,此皆为吾威胁汝之谎言,将汝本家之人作为人质相要挟,本就为假,然汝深信不疑,入吾之圈套,真是帮了吾之大忙!"

听到这里,美世已经完全明白在薰子身上发生了何事。

甘水欺骗从旧都来的薰子,说她本家的人已成了他的人质,威胁她听命于他。然后,他让薰子对结界动手脚,以使甘水能够顺利入侵执勤所。

所以,在听到天皇被劫走之事后,薰子的表现才会那么奇怪。因为她心里很清楚,只要清霞离开执勤所,甘水就会立马现身。

太过分了!被人用家人的性命要挟,不得不背叛自己的同伴……薰子该多么痛苦呀!光是想到她在身心备受煎熬的状态下还要强装开朗地在执勤所度过每一天,美世就觉得心疼不已。

明明被盯上的人是美世,但现在她却无法怨恨薰子。

"你说什么……那么……我……到底是为了什么……"

薰子崩溃地跪倒在地。

此刻,没人会去安慰她。

百足山怒火中烧地瞪着甘水。

"你竟然这般玩弄人心!"

"哈哈哈……此不过游戏而已,汝不必气至如此呀!"

这个男人不正常!美世不由得想起在梦中窥见的那段过往。

母亲曾经喜欢过这样的男人吗?不,这是不可能的!尽管自己已记不起母亲的容颜,但母亲一直有一颗为别人着想的心。不然,她不会为了保护在斋森家的美世而封印美世的异能。

他把薰子小姐弄哭了……故意让人伤心难过,岂能让这种人站在万人之上,统治帝国!光是想象这样的未来,就让人不寒而栗。

但此刻的甘水显然乐在其中。

"真是有趣的一幕!那么,诸位,差不多该直奔吾此行之目的了!"

"休想得逞,你这变态!"

即使面对充满杀气的百足山的咒骂,甘水也岿然不动。

"很简单啊!"

甘水缓缓地从怀中抽出一把短刀,将刀拔出刀鞘,开始向美世逼近。

百足山冒出冷汗,跟着抽出佩在腰间的军刀。其他队员见状,也纷纷拔出刀准备迎战。

"未婚妻小姐,我会跟甘水交手拖延时间,趁着这个空隙,你赶紧逃吧!"

"可是……"

"这是我们的职责,我们就是为了不让你被他抢走才留在这里的,也请你有所觉悟,想明白你的职责为何!"

我的……职责……美世愣住了。

就算只剩下美世自己活着,也绝对要逃走,想必这就是百足山心中唯一的正确答案。

可是,自己愿意吗?真的要这样吗?美世问自己。

如果她就这么逃走,甘水为追上自己,肯定会扫除障碍而将在场的所有人杀光吧?而且,就算她一个人逃了出去,之后呢?

美世明白自己决不能被甘水抓到。见梦之力是非常危险的力量,万一被他抓到,像薰子那样被他威胁,美世肯定会为异能心教发动见梦之力的。

"既如此,就先送汝归西吧!"

嘴角带着享受的笑容的甘水熟练地挥动起手中的短刀。

"怎会让你称心如意!"

"那么,就让吾看看汝之能耐吧!"

甘水的短刀同百足山的军刀正面交锋,场上响起尖锐的金属摩擦声,但是只这一下,便高下立见。

"什……么!"

百足山的军刀从根部被砍断,刀身也跟着滚落到地上,美世

甚至完全没看清到底发生了什么。

"真是不堪一击!"

这么嘟囔着,甘水一脸挑衅地用短刀刺向百足山的喉咙。百足山勉强躲过这速度惊人的攻击,只是被刀刃划破肩膀,随后,他顺势踢出一记漂亮的回旋踢。

"汝之异能是强化体能吗?好险、好险。"

为躲避回旋踢,甘水也被迫后退几步,二人再次拉开距离。

这么下去的话,我方支撑不了多久吧?美世环顾四周想着。

在前方率先同甘水交锋的百足山,肩膀已经负伤,尽管伤口不深,但是流了很多血,放任不管的话,随时会因失血过多而倒下。薰子依然无力地跌坐在那里,低垂着头一动不动。这也是意料之中的。虽然不是出于本心,但是她终究是背叛了同伴,怎么还能打起精神来起身迎战呢?在美世周围举起军刀的其他异能者也都面露惧色。即使是不谙世事的美世,也看明白了,再这么下去,我方只会完全被甘水牵着鼻子走。

可是,自己能做些什么呢?就算她真能做些什么,擅自行动的话,也可能会扯大家后腿。虽然美世觉得自己思索了很久,但实际上她的行动是相当冲动的。

"真愚蠢!"

当甘水再次逼近百足山之时,美世一跃介入二人之间,虽然身后传来了百足山的怒骂声,但美世丝毫不为之所动。

"请住手!"美世展开双臂保护着百足山。

此刻,她的心境比她自己预想的要平静得多。尽管心跳剧烈到了有些痛苦的程度,指尖也冰凉得宛如冰块,但她的声音中没有一丝动摇。

甘水突然扬起嘴角,放下了手中原本高高举起的短刀。

"美世,汝终于决定乖乖跟为父一起离开了吗?"

"不,我绝不会认你当父亲,也不会协助伤害了别人却还毫不在乎地微笑的你!"

"既然如此,汝又为何挺身而出呢?"

即使被美世拒绝,甘水也依然是一脸享受的表情,还冲美世点点头。

和这个男人说得通吗?美世十分不安,也十分害怕。但是现在,在场的人之中,无性命之忧的人可能只有她了,比起让其他人受伤,还不如自己站出来。她不愿意再见到清霞因属下受伤而沮丧难过的样子了。

像百足山班长那样,尽可能地拖延时间,会不会就有援军赶来?这是美世心里的打算。

虽然美世不希望看到其他人受伤,但是也并不打算就此被甘水带走。不过,她已经没有时间思考更好的对策了,也不知道会不会真有援兵赶来。

在不知道接下来要怎么办的情况下,美世只能谨慎地回答着甘水的提问。

"因为……你不会杀我!"

"汝所言极是！真是令人作呕的伟大的自我牺牲精神,佩服,佩服！"

甘水的话让美世不知该如何应对。

"不过啊,为父最讨厌此类行为了！"

美世的脊梁蹿起一股寒意。

要是惹甘水不高兴了,他一定会杀光在场的所有人。美世的见梦之力有利用价值,甘水还将她称为"吾之爱女",所以她暂时不会有事,可一旦他改变心意,美世恐怕也会小命不保。

该怎么办才好？是继续这样拒绝他,还是转头讨好他？

甘水无视苦恼不已的美世,继续自顾自地说道:"汝母澄美亦是如此,说什么为了薄刃一族,毅然嫁进已然没落且无用如尘埃的斋森家。愚蠢至极！可恨！"

美世在这个捧腹大笑的男子眼中,看到了不停旋转的黑色漩涡。那漩涡宛如泥浆般混沌,沉重不堪；又仿佛怒火扬起的滚滚黑烟,要将一切烧毁殆尽。

妈妈绝不是愚蠢！她只是想要守护自己珍视的东西而已——守护穷途末路的薄刃家,守护族人性命,守护美世的人生！

虽然美世对母亲的事几乎一无所知,但是她能理解母亲的想法。

这个男人过去没能做到,所以现在建立异能心教这个组织。而他想要实现的事,或许和美世、澄美是一样的！

美世深吸一口气,再次以坚定的眼神望向自称是她父亲的男子。

"我不会成为你的女儿,也无法认同你的想法。"

"汝亦不需要吾吗?"

"妈妈也这么说过吗?"

"吵死了!看来有必要好好教育教育汝了!"

甘水一边嘟囔着,一边用没有握刀的手抓着自己的头发。看来,已经拖延时间到极限了。不过,在内心的某个角落,美世反而感到些许安心。

从甘水的反应来看,自己的父亲应该就是斋森真一!美世从未想过,以前那么渴望摆脱斋森家的她,竟然也有会庆幸自己是出生在那个家的一天。在斋森家度过的那些日子,并非是建立在一个谎言之上。这让美世终于放下心来。

做好心理准备后,美世继续说道:"就算你把我带离这里,也不等于你救了妈妈!你想要救的妈妈,早就不在这个世上了!"

"不对!"

"我只是我,所以,请你放弃吧!"

美世的确承袭了薄刃家的血脉,但是她也是斋森家的女儿,是在斋森家出生、长大的。正是因为有在斋森家的经历,才有了今天的她。

虽然她没法了解决定嫁入斋森家的妈妈的真实想法,但至少美世自己是不希望跟着甘水离开的。不管甘水直这个男人因

为没有救下澄美有多后悔,时间都回不到过去了,也没有人可以替代澄美。美世无法如他所愿去配合他。

"天真!美世,汝太天真了!汝之格局太小!吾之目的并非那等肤浅之物,汝要用更长远的眼光去思考问题才行,不然吾会很困扰的!"甘水笑道,"果然,只能通过武力强行将汝带离了!"

说罢,甘水再次举起锐利的短刀,但下一瞬,他的身影却和背景融合,渐渐变淡,直至消失。

"啧……他消失了的话,我们就无从下手了!"

没有人能对抗看不到身影、也听不到声响的对手,美世很明显地感受到了百足山的焦躁。

"所有人都来守在未婚妻小姐的周围,不可以让甘水乘虚而入!"

"百足山班长,我……"

结果,队员们还是逃不开牺牲的命运。在美世开口前,百足山朝她摇了摇头。

"没有时间了,你要是心疼我们的性命,就请考虑安全离开!"

"我怎么能……"

"阵之内,你要瘫坐到什么时候!给我站起来战斗!"百足山捂着肩上的伤口,朝仍然一动不动的薰子怒吼道。

下一刻,只见薰子迅速伸出手,紧紧握住了带着刀鞘的军刀刀柄,用手背擦干眼泪后,她从原地站起身来。

"对不起,美世小姐,我犯下的错误,我会全力弥补的!"

"可是……可是……"

满目通红的薰子、鲜血染红军装的百足山已经举起军刀,警戒着四周的小队队员们全都露出了赴死的决心。

一旦进入战斗,美世就无能为力了。

"听好了,大家要避免同时发动异能,这样可能导致彼此的异能相互影响,属性相克,相互抵消。"

听到百足山的知会,队员们点点头,可敌人是拥有薄刃家异能的异能者……

"唔……"

在美世身旁摆出备战架势的薰子,突然整个人飞起来,然后重重地摔在了地上。

"薰子小姐!"

在美世惊呼之际,她的手也被人一把拽住。

"不要!"

"汝若不希望在场之人受伤,就跟吾走!"

甘水在美世的耳畔轻声说出了满含威胁的话,美世害怕得汗毛都竖了起来。

美世不想跟他走,于是,她试图挣脱开甘水的手,逃离他身边。但在她挣扎的瞬间,一个冰凉的触感贴上了她的脖子。那应该是甘水的短刀。

"好孩子,乖一点儿吧!"

这是对包括美世在内的现场所有人发出的威胁。

事已至此,已经无人敢对甘水动手了,虽然他不会杀死美世,但却可以轻而易举地伤害她。

"美世小姐……"

薰子摇摇晃晃地站起身,呼喊着。

被刀架着脖子、硬拖着带到武道场大门口的美世,脑海中突然闪过自己最重要的人的容颜——清霞!

啊,她终于明白了,只有想到清霞,她才会那么害怕死亡,因为她不想离开清霞。痛苦的眼泪不住地往下流,自己之所以会那么想去了解他、那么在意他和薰子的过去,就是因为这种感情,这大概……就是爱情吧!

"放开我的未婚妻!"

事情的转折出现在一瞬间。

美世身后突然传来一个极为冰冷的声音,与此同时,甘水已经被打倒在地,一只穿着军靴的脚狠狠地踩着他的背部。

重获自由的美世因事发突然一时没能站稳,但在摔下去的瞬间却被温柔地拥入了一个温暖的怀抱。

"啊……老爷?"

"我来晚了,你哭了?"

美世抬起头,发现自己最重要的人的脸出现在自己眼前。清霞戴着白色手套的指尖抚上了美世被泪水打湿的脸庞。

我想起你,就忍不住哭了。美世非常想告诉清霞这句话,但又无法说出口,而且她也不希望清霞察觉到此事。

感到难为情的她,忍不住用双手掩住了羞红的脸。

"久堂……清霞!"

甘水愤恨地喊出清霞的名字,反手握住短刀,刺向踩着自己背部的脚。清霞挺身挡在美世前方,同时迅速收回自己的脚,甘水则趁机从地上翻身跃起,跳至后方。已经不算年轻的甘水,身手竟然如此矫健,这让美世惊得说不出话来。

"果然,汝还是回来了!"

"啊,不好意思,我们还有可以预示未来的人物!不过,你那蹩脚的调虎离山之计本来也被我们看穿了!"

"是皇子尧人吗……怪不得,这次是吾计划不周了。"

甘水不带任何表情地耸了耸肩。尽管他已不像一开始那样游刃有余了,但即便自己的计划受到阻挠,他看起来也丝毫不为之所动,仿佛根本没觉得自己的计划失败了。

也许清霞一时也被甘水的态度迷惑了,他一边的眉毛微微抽动了一下。

"甘水直,不会再有下次了!"

"哪里哪里,这才刚刚开始呢!"

五官相当立体的那张脸,露出扭曲的、愉快的笑容。

突然,不知从哪里飞来好多巨大的水球。

"啊!"

美世反射性地闭上眼睛,但这些水球均在尚未接触到任何

人的情况下,在清霞和队员们的手中消散了。

"宝上吗?"清霞轻轻地咂了一下嘴,不悦地说道。

美世睁开双眼,此时,甘水早已不见了踪影。

结束……了吗?不,他也可能只是用异能隐藏了自己的身影,但人还留在附近。尽管这么提醒着自己,但美世的精神已经濒临极限。想到有清霞在,感到极度安心的美世终于支撑不住,瘫倒在地。

"美世?你怎么了?有哪里受伤了吗?"

清霞顿时睁大了双眼,惊慌失措地跪在地上,托起美世的背。为了不让清霞担心,美世赶紧摇了摇头,清霞这才放心地松了一口气。

"对不起,不知为什么我站不住了……"

"不,是我不好,我来晚了,你很害怕吧?"

刚才,美世确实一直都很害怕,但比起恐惧,没有人丧命,自己也没被甘水掳走,这样的结果让她松了一口气。

美世用颤抖的指尖拉住了清霞大衣的衣袖。

"非常感谢您救了我。"

"你没事真是太好了!"

清霞紧紧地抱住美世冰凉的身体。

虽然没有落泪,但是此时此刻,美世很想哭。

"……不好意思,打断二位……"

头上传来百足山有些不耐烦的声音。

清霞看了一眼板着脸的属下，用鼻子轻哼一下，不太情愿地放开美世，站起身瞪着百足山："什么事？"

"属下已安排没有受伤的队员去视察甘水和宝上是否还潜伏在附近，伤员也已经被送往医护室，万幸的是，没有人受重伤。"

伤势最为严重的恐怕就是百足山本人了吧，在他对清霞汇报的时候，缠着肩膀上伤口的布条已被血完全染红，并且伤口还在持续出血。

"你伤得很重呀。"

"抱歉，因为我能力不足，竟然让未婚妻小姐直面敌人……呃……"

百足山话还没说完，清霞就一巴掌打在他脸上。

"老……老爷！"

"竟让被监护人沦为人质，真是荒唐透顶！你到底是为了什么留下的？我的队伍里不需要这种不能无法尽力履行职责之人！"

"是。"

"此外，让美世直面敌人又是怎么一回事？我需要根据你的回答来考虑是否要惩罚。"

此时的清霞已化身为美世不曾见过的冷酷无情的"鬼队长"。刚才还大义凛然地指挥着队员的百足山，现在看起来完全处于下风。

在怒火中烧、比鬼还吓人的、浑身散发着冻死人的冷气的队长面前,百足山不夹杂一丝个人感情地汇报了从甘水现身到方才的所有情况。

"这一切都是属下的责任。我已经做好了接受任何惩罚的准备。"

清霞看着低着头鞠躬赔罪的百足山,命令他抬起头来,接着又抬手给了他一记响亮的耳光,百足山的脸颊好像要被打飞了,可见清霞用了十足的力气。

这一巴掌看着都觉得痛,美世吓得用手捂住了嘴巴。

"承受不住中年男人的一击,被砍断了军刀身负重伤,还让身为被监护人的平民保护自己?你还是军人吗?为何会演变到这般丢人的地步?我实在不能理解!"

"非常抱歉。"

"不用赔罪了,我已经完全明白你是个无用之人了!如你所愿,我之后会给予相应的惩罚。"

"遵命。"

"明白的话,就赶紧离开,善后这点儿事你总还能做好吧?"

"是,属下告退!"

小跑着离开的百足山的背影透露着一丝悲凉。在美世看来,百足山已经做得很好了,只是甘水实在过于强大,这并不是百足山的责任,而且在遭受甘水的袭击后,正是因为百足山的努力支撑,才使得在场的各位没有惨重的伤亡。

"老爷,百足山队长他……"

话才说出口,美世就立马收了声。倘若百足山班长看到这一幕,他一定又会斥责美世多嘴了。

不过,清霞似乎已经完全明白了美世打算说什么。

"我明白,你能平安无事地站在这里都是百足山的功劳,他是个优秀的男人!之后我也会对他的付出给予奖励,你放心吧!"

"是……那个……"

还有一件事,美世也放心不下。她看向小队队员们忙里忙外的武道场内部,那里已经没有了薰子的身影。

"薰子小姐……她……"

提起这个名字的同时,各种令人担心的想象也陆陆续续浮现在美世的脑中。

在军队,叛徒是重罚的对象,如果在战时出现了叛徒,会给军方带来致命的伤害。为了防止出现这种事,叛徒很有可能会被处以死刑。

虽然薰子并不是出于本心背叛军方,可是从结果来说,她帮敌人入侵军方是不可抹杀的事实。她对美世而言,是重要的朋友,无论她是出于什么样的想法而接近美世,二人共度的那些日子都是一段开心又宝贵的时光。

看到美世因为胸口隐隐作痛而低垂着脑袋的样子,清霞将自己宽大的手掌轻放到她的头上,温柔地抚摸了几下。

"不要太过期待。"

美世像是为了逃避沉闷的心情似的,重重地吐了一口气。现在,她只能祈祷自己好不容易才交到的朋友可以保住性命。

为了追踪被掳走的天皇的行踪,新和大海渡所率领的对异特务小队队员一起进入了皇家别墅。不必说,皇家别墅不是谁都能自由出入的地方。可新的式神追踪的那辆小轿车,笔直地开进别墅所在的方向后,突然在半路消失了踪迹。

"我的式神失联了!"追至半路,新突然茫然地开口道。

大海渡马上反应过来。

"失联了?也就是说我们无法知道那辆车的行踪了吗?"

"是的,有可能是被对方发现了。"

沿着海岸线的街道是单行道,沿着这条路一直往前走只能抵达归属于宫内省管辖的皇家别墅,所以,就算在这时候摆脱新的追踪也毫无意义。对方明知此事,却还是切断了新的追踪,肯定是另有目的。

对异能和法术一窍不通的大海渡不禁皱起眉头。

"事到如今,也只能继续前进了。只是,就这么继续走下去的话,最后一定会遇上宫内省的警卫员。甘水直的异能应该无法穿透物体吧?强行闯入宫内省的管辖区域一定会留下蛛丝马迹。如果不是硬闯,难道……"

新明白大海渡没有明确说完的想法——帝国中枢可能已被异能心教渗透。

尽管这是他们不愿相信的,但无论是"已经被渗透",还是"今后有可能被渗透",都是在造成无可挽回的结果前必须考虑到的。

如果还有另外一种可能的话,或许从一开始,天皇就没被带到这里来。对方发现新在宫城附近潜伏,也预料到他会派式神追踪他们的行迹,所以设法蒙骗过式神的眼睛,将新一行人引诱到完全不相关的地方。这样的可能性也不是不存在。这也是新不愿看到的结果。一个处理不好,不仅会彻底跟丢天皇的行踪,还会使新、甚至薄刃家失去信任。他不能让别人对薄刃家的不信任感加剧。

新一行人只能继续前进,最终还是抵达了宫内省管辖的皇家别墅。除了四周环绕着高耸的石砌围墙,腹地还有一整片树林。这些郁郁葱葱的常绿植物成了阻隔视线的天然屏障,致使新一行人无法窥探内部的情况。

大门紧闭着,不知门卫是否平安无事。

新怀着苦闷的心情,看着大海渡走进大门。看来,他那不祥的预感成真了。

果然,门卫表示刚才没有任何人进过这里,听到这个答案,对异特务小队队员们脸上浮现猜疑神色。

"总之,还是先进去调查一下为好。"

尽管大海渡这么说,仍有不少人无法接受这个结果。

在队员们带刺的视线下,新硬着头皮跟大海渡一同踏进了皇家别墅。

不用说,不仅别墅里面见不到任何人进入的迹象,就连地面上也看不到任何人的足迹或轿车轮胎的压痕。毫无疑问,至少在这几个小时内,不曾有人造访过此处。

新明显感受到,原本就不存在的信赖感,此刻直接跌入谷底。

"会不会是薄刃在说谎?"

"说不定他和甘水是同伙!"

新听到这些小声的议论。

"……撤退吧!"

花费了将近半天的时间,彻底将整个别墅搜查过一遍之后,大海渡下达了这个命令。搜查到这种程度都还找不到任何蛛丝马迹的话,很明显,天皇所乘坐的那辆轿车并没有来这里。也就是说,新拼命追踪的只不过是幌子。

可恶!这样一来,薄刃家的处境会变得更加艰难。新心想。

"少将大人!"

新下意识地喊住了大海渡。他不能就这样空手而归,不找出点儿什么的话,他今天就无法交代了。

"只给我今天一天时间就好,请您允许我在这里调查!"

"你要一个人继续调查?"

"是的!"

新知道这个要求很任性,但是他有着不能就这么无功而返的理由。

"拜托您了!"新向大海渡低头鞠躬。

"你这么做也没有意义!"

虽然被大海渡斥责,但新依旧维持着求情的姿势。

看着新的样子,大海渡重重地叹了一口气。

"那我同意了。你就调查到你满意为止吧。我会向尧人殿下汇报的。"

"非常感谢您!"

"其他人跟我一起返回帝都!"

就这样,大海渡带着队伍离开了,只留下新一个人收拾残局。

只剩下自己一个人后,因自己能力不足而产生的强烈的焦躁感立即支配了新。他被甘水彻底玩弄于股掌之间,这一事实让他深恶痛绝。

自己为什么处理不好此事呢?如果甘水是因为憎恨薄刃家,而想让薄刃家陷入被万人唾骂的境地,那他已经成功了。薄刃之名被熟悉内情的人唾弃恐怕只是时间的问题。可明明不该是这样的!

"可恶!可恶!"

新猛踢地面,不停地咒骂着。

他把守护、拯救美世的任务委托给清霞,是因为他想独自承担起揪出甘水下落的职责。但是,事实却是他什么线索都没找到。

新暴躁地游走于皇家别墅的各个角落,尽管手脚已变得冰凉,鼻尖也被冻得发酸、发疼,但他仍旧埋头于搜查线索。

可是,无论他怎么找,都未发现任何蛛丝马迹。这也是意料之中的,毕竟门卫早已说过并没有任何人来过这里。等新回过神来的时候,已是日近西山,没有任何照明设备的皇家别墅,正在逐渐被黑暗吞噬。

"白费力气了啊!"

对现在的新来说,比起黑暗,返回帝都更令他恐惧。他不知道等待自己的会是什么流言蜚语。

正在新自嘲的时候,他的背后突然传来了脚步声。

"汝果然留下来了呀!"

新转过头,映入眼帘的是看起来有些疲惫的甘水直的身影。新立马掏出怀中的手枪,将枪口对准了他。

"都是因为你!"

"因为吾?哈哈哈哈,此言甚怪!"

只要扣下扳机,新马上就能要了甘水的性命,但甘水却仍是一副游刃有余的样子。

"哪里奇怪了!"

"当然奇怪！对汝、对薄刃家抱有偏见之人是谁？是吾吗？"

"这……"

不对,毫无理由地拒绝理解薄刃家系的实质、肆意给他们判死刑、迫害他们的并不是甘水,而是其他异能者、是帝国军方！但是造成这一状况的原因之一,无疑就是眼前的这个男人！

新扣住扳机的手开始发力。

"你以为这样的话就能蛊惑我吗？"

"不,吾并无此想法。吾可是一直对薄刃家异能者之实力赞誉有加,也深知汝必不会因如此简单之手段而改变立场。"

"看来你很清楚嘛！那就受死吧！"

尽管新体内已经释放出强烈的杀气,但甘水还是在悠闲地聊着天:"哎呀,急什么！虽然汝嘴上如此说,但汝在帝都之处境相当为难吧。"

"真啰唆！这跟你有何干系！"

"吾或可传授汝些方法,让汝活得更轻松些呢！"

"……你不是憎恨薄刃家吗？"

"此言差矣。总之,吾有一言欲告之汝。"

在夕阳余晖的映照下,甘水被染红的脸上浮现出笑意,他缓缓地向新伸出一只手。

"薄刃新,加入吾异能心教吧！"

真是愚蠢至极的邀请！谁会答应这种无稽之谈！

可是,新在给出答案之前,却迷茫了一瞬间。

第六章　今后的决心

被甘水袭击后的第二天，美世和清霞回到了每天一起前往执勤所的日子。但是，并非一切都回到了原本的轨道上。甘水再次消失，并不代表他放弃了美世。所以，美世的行动范围进一步缩小。

听命于军方上层的指示，美世现在甚至无法在执勤所内四处走动，只能乖乖待在清霞的办公室里做些缝补衣物之类的事来打发时间。跟过去能在执勤所里自由行动的日子相比，现在这种行动受限的生活令人十分窒息。美世的心不可避免地阴郁起来。

每天踏进执勤所之后，美世总会不自觉地寻找那个不可能出现的、自己唯一的朋友的身影。

在一个天气晴朗、不太寒冷的日子，美世照常坐在清霞的办公室里织毛衣打发时间。

"队长，冒昧打扰一下！"伴随着敲门声，从屋外传来了百足山的声音。

"进来!"

"失礼了!"

美世觉得似乎已经很久没见过百足山了。为了弥补此前的失职,为之前的事件负责,身为班长的他扛下了诸如跑腿等各种杂务。今日见到百足山时,他肩上被甘水砍伤的地方似乎已经恢复得差不多了。不过,来到清霞办公桌旁的他,表情仍然因紧张而显得有些僵硬。

"队长,可否允许属下借用未婚妻小姐,不,斋森美世小姐一点时间。"

突然听到百足山提及自己的名字,美世吃惊地抬起头。

听到属下这样的要求,清霞露出严厉的神色。

"你觉得我会同意?"

"您不会。"

"那么你就是想白跑一趟了?回去好好工作吧!"

虽然被清霞一口回绝,但百足山却继续低头请求着。

"拜托了,一点点时间就好!"

"你想要说的,是值得你冒险请求我同意的要紧事吗?"

"拜托您了!"

百足山维持着鞠躬请求的姿势,完全没有要抬起头来的意思,他全身散发着坚决的意志——不得到许可他绝不离开!

清霞也察觉到了他的坚定。

"只是一点时间就好?"

"是!"

"我明白了……但是,我也要在一旁听着!"

"您随意就好,非常感谢您!"

百足山终于抬起头,默默地向美世走去。

美世被他那像是被逼到走投无路的表情吓到,慌忙放下手中的钩针,端正地坐直身子。

"可以占用您一点时间吗?"

"好……好的!"

美世没有拒绝他的理由。而且,就算拒绝了,估计他也会像刚才请求清霞那样,一直请求到她同意为止,美世能感受到他的决心。

在百足山的要求下,美世跟着他来到武道场。

"美世,这里有些冷,没关系吗?"

跟在美世身后一起过来的清霞有些担心地看着她。

"嗯,我没关系的!"

美世觉得百足山不会做对她不利的事,加之自己披着外套,并不会被冻到。

武道场里空荡荡的,看不到半个人影。武道场作为同甘水交锋的战场,在打斗过程中有几处遭到损坏,但现在都已经修缮完毕,整体看起来相当整洁壮观。

"对不起,现在能够不被人打扰而好好说话的地方,我就只能想到这里了。"

和以前一脸正义凛然的样子不同,这么对着美世道歉的百足山像是在自我怀疑着什么。

美世赶忙摇摇头。

"不不,没关系的,您不用道歉。"

那样高度戒备,还是让甘水轻易攻打进来,甚至还出现队员之中藏有内奸这种重大问题。现在,执勤所里的所有人都忙得不可开交。尽管尚未被外界知晓,但天皇目前仍旧下落不明,加之此事又与异能心教相关,自然要派出能够使用异能与之对抗的对异特务小队。

因此,目前所有的小队队员都奔走于帝国各个角落以应对突然袭击。执勤所里的人忙进忙出,能静下来好好说话的场所就显得十分有限。

"……真是非常抱歉!"

百足山突然转过身来,向美世再次深深鞠躬。

"啊?"

面对这意料之外的状况,美世不禁愣在原地,她从未想过高傲的百足山会向自己低头道歉。眼前的情况实在令人难以置信,美世转头望向身后的清霞,他似乎并没有觉得特别惊讶。

"迄今为止,我多次对您表现出了高傲的态度……甚至将您视作敌人,鄙视您毫无用处,一边自视清高地说着不会对您抱有偏见,一边却从不肯认可您的努力。我真是愚蠢至极……"

"那也都是事实啦……"美世垂下眼帘嗫嚅着。

百足山过去的那些主张也是正确的,至少美世能理解他的观点,而且百足山都是当面给她忠告,所以美世没有被敌视或蔑视的感觉。美世身上确实流着薄刃一族的血,而薄刃一族所在的立场必然会被其他异能者视为公敌。美世对异能的使用尚不够纯熟,也不会用剑,发生紧急情况时,她只会拖别人的后腿。这些都是真的。百足山跟在背地里说薰子坏话的其他队员不同,他们是在当事人听不到的地方对别人评头论足,而且还无视薰子展示出的战斗力,所以美世才会觉得他们不对。

"不,是我对您有误解。那时候……甘水正面攻击之时,若不是您挺身而出,包括我在内,恐怕很多队员都会丧命。"

"那是……但是,我也违背了您的指示!"

回想起自己当时采取的行动,美世有些无地自容。身为被监护人却擅自行动,真要追究起来,这也是应该受指责的行为。但百足山却高声制止了美世的道歉。

"不!请您让我道歉吧!我明明什么都不知道,却完全看轻了您,这跟以先入为主的印象来做判断的笨蛋没有任何区别!您是非常勇敢的人,是您保全了大家的性命!"

"那……那个……"

如何回应他才好呢?毕竟,美世从未生过百足山的气。

这时,清霞将手轻轻地搭在美世的肩上。

"要不要原谅这个男人,你自己决定吧!"

"我……"

在美世看来，原本就没有要不要原谅的事，百足山并没有应该被责怪的地方。

美世直视着百足山，开口说道："百足山班长，您并没有做错什么。我那时的做法只是因为运气好才奏效，若是情况稍有变化，可能会让在场的大家全都陷入危险之中。所以……如果您坚持要我说的话，我原谅您。"

"非常……感谢您！"

百足山的声音听起来相当虚弱，美世能感受到他是真的从心底里感到苦恼。想到他一直怀抱着这般苦涩的心情努力工作，美世觉得他付出的歉意已经足够了。

"百足山。"

听到清霞的点名，百足山抬起头迅速回应道："是！"

"我不会说你之前的应对之法全部正确，你欠缺随机应变的能力，在那时，肯定有更妥帖的处理办法。"

"是！"

"不过，所有的事都是从结果去评判的。要以结果来看的话，我认为让所有人都平安无事就代表着你没有做错什么。"

"队长！"

"所以，就这次任务来说，你无须接受惩罚。再说，没有对甘水的袭击做出正确判断的我也有不对之处。"清霞接着往下说道，"所以，我期待你日后的表现，好好工作吧！"

"是，属下遵命！"

百足山再次向清霞深鞠一躬,然后再次转向美世。

"今后,我也会试着慢慢改变其他队员的想法,为了让对异特务小队真正成为奉行实力至上主义的队伍,我会尽我所能,这也是为了阵之内。"

美世朝他轻轻地点了点头。百足山拥有出色的领导能力,如果有威信的他愿意带头改变些什么,想必事情一定会顺利进行吧!

对话结束后,百足山独自留在武道场处理接下来的工作,而美世则同清霞一起回到了办公室。

回程途中,占据美世内心的还是薰子的事。

"老爷,薰子小姐她……"

那件事结束后,薰子的身影再也不曾在执勤所出现过。她目前被关押在帝国军队总部,等待军方最终的裁决。毕竟,她犯的是严重的间谍罪,所以目前对她的处置也是合情合理的。不过,在大海渡的庇护下,她不至于受到严刑拷打,这已经是不幸中的万幸了。

"你很在意她吗?"

"那是当然的呀!"

美世一边走,一边移动着自己的视线。

无论是这条走廊还是旁边并排的屋舍,目光所及之处,都能让美世清楚地回忆起同薰子共度的那些美好时光。

少了薰子明媚的笑脸,美世感到非常寂寞,她的胸口仿佛空了一个大洞。

"背叛是不可原谅的。"

清霞平静的回答让美世的心冷到了极点。用脑子想想就该明白,这事板上钉钉。虽然她明白这事不容外人插嘴,但军方只因通敌这一点就评判了薰子的全部,这让她觉得很伤心。

"您能帮帮薰子小姐吗?"

回过神来的时候,美世已经停下脚步,说出了请求。尽管她的理性试图阻止她继续说下去,但嘴巴却不受控制地滔滔不绝地说起来。

"薰子小姐是为了保护她的家族,才不得不协助异能心教的!"

"这不是你能评判的问题!"

"我明白,可是……"

面对打算继续说下去的美世,清霞的视线变得冰冷。

"阵之内的处置由军方决定,无论你怎么说都没用!"

"……我确实没有能力,可是老爷您能帮助薰子小姐吧?"

"我不会做有违军纪之事。"

未婚夫的声音中带着过去从未对美世透露过的强硬,这让美世不由得微微颤抖起来。

但是,只有这件事,她不想退让。

"老爷,不管薰子小姐被如何处置您都无动于衷吗?"

从未想过的话就这么脱口而出。说完美世就有些后悔了,

她明白,清霞肯定也很担心薰子的情况,比起美世,他跟薰子认识的时间更长,作为同伴,他肯定很担心她。

说到底,薰子不得不屈从于甘水,也是因为美世。正是因为甘水想要掳走美世,才会利用薰子。都是因为自己,她才会被卷入这种苦难之中,一想到这些,美世简直坐立难安。

"这样都能原谅阵之内的话,如何警示他人?不要再说任性的话了!"

"这才不是任性!"

说罢,美世突然意识到她说的话就是自以为是的任性的产物,自己现在的言行举止简直像个在耍赖的孩子。她沉默了。

清霞再次向她射来冰冷的视线。

"放弃替阵之内求情一事吧。"

美世无法忤逆来自清霞的最后通牒,无言以对的美世只能沉默地咬住了下唇。

兵荒马乱的日常生活匆匆而过,转眼已至年关,新的一年即将在明日到来。

此刻,不知为何而感慨良多的美世正待在久堂家的主宅里。

在叶月的提议下,几名相熟的亲友决定今天到久堂家主宅欢聚一番,虽然未达到宴会的程度,但这次聚会的目的似乎是为了让大家互相慰劳一下在这一年的辛苦付出。

不过,岁末年初本就是同家人团聚的日子,所以也并没有强制亲友参加。其实,这场聚会是为了非必要就连除夕夜和新年都不会主动同家人见面的清霞举办的。

"欢迎你们二位,一直等着你们呢!"

美世每次来都会被这栋超级豪宅几十年如一日的华美外观所震撼。她和清霞刚一抵达主宅,就受到了叶月的热烈欢迎。

身穿一身暗红色洋装的叶月,今日依旧美丽动人。

"姐姐,都这把年纪了,你兴奋个什么劲儿呀,真丢人!"

看到清霞一脸不耐烦的样子,叶月不满地噘着嘴:"就你话多!你才是呢,都这把年纪了,还对小美世一脸色眯眯的,整天缠着人家!"

"我才没色眯眯的!你别胡说八道!"

听着二人的对话,美世不禁笑出声来。

这对姐弟一见面就会变成这样,只有这种时候,自己才会见到很多清霞同自己在一起时绝对不会露出的表情,这让她感到很开心。

叶月带着二人来到会客室,让他们在里面等待聚会开始。

之前,美世和清霞因为处置薰子的问题发生了口角,自那次争执后,二人虽然表面上看起来一如往常,但事实上,在面对对方时,他们心里一直都觉得不太自在。认识薰子之后,美世明明怀疑过她跟清霞的关系,还一度因此相当别扭,但一想到清霞放

弃了薰子,她就非常反感。

真的没有任何办法了吗?平日忙起来美世还不会太在意此事,可一旦像现在这样平静地坐下来休息,脑海中便会涌现出不安和焦躁。

"抱歉,要你配合姐姐的蛮横任性。"

听到用手扶着额头的清霞叹着气这么说,美世回过神来,连忙笑着向他摇摇头。

"没有的事,姐姐才不蛮横任性呢!而且我也很想跟姐姐见面,见到姐姐我很开心。"

"但是,年末你应该很忙吧?"

确实,美世在年末有很多需要做的事,但在外吃一顿中午饭的时间还是有的。再说,家里的大扫除已经做完,该准备的饭菜也已备好,很多准备工作也做得差不多了。

不过话说回来,今天竟然已经是除夕了。对美世来说,今年真是她人生中史无前例、最混乱的一年了。去年这个时候,她还待在娘家那个冰冷的房间里瑟瑟发抖;今年,她的人生已经完全不同了。更令她难以相信的是,她和清霞一起生活竟才不到一年!离开娘家后发生的事真是令她应接不暇,回味无穷。

"虽然很忙,但是我觉得很充实,也很开心……比起以前真是要开心太多了!"

美世捧着泡有红茶的茶杯,凝视着从茶杯中缓缓升起的热气。

"是吗？这样就好。"

两个人在一起的静谧时光，是美世最喜欢的。

虽然气氛算不上热闹，也还夹杂着让人担忧的事，但美世仍觉得既开心又幸福。去年的自己看到现在的自己，一定会觉得难以置信吧？甚至要认为这些只是她自己的幻想而已。

二人没有聊天，只是偶尔端起茶杯啜饮，静静地等待着聚会开始。

这时，从屋门的另一边传来宾客陆续到来的声音。

在一阵用力的敲门声后，会客室的大门被人猛地推开。

"队长、美世姑娘，午安呀！"

活力满满地出现在这里的，正是前段日子受重伤住院的五道。

"……姐姐又找咋咋呼呼的家伙来了吗？"

"啊，队长，虽然你这么说，但我不在的时候你很辛苦吧？你真是的……"

笑着揶揄清霞的五道看起来跟受伤前一样生龙活虎。

"五道先生，您的伤已经好了吗？"

"那当然，让你担心了吧？我的伤已经完全好了，我还觉得出院的时间比我预料的晚了好多，我都要被闷死了！"

"真是太好了！"

继五道之后，新也出现在了会客室。

"大家都到齐了呀！"

这位表哥像往常一样穿着得体的西装,看起来没有任何改变,不过,这反而令美世有些在意。

美世也听说了一些关于甘水袭击执勤所那天发生的其他事。天皇被绑架后,新被敌人刻意伪造出来的假象蒙骗,最后无功而返,这事似乎令新相当自责。在那之后,为了继续追查甘水的下落,他几乎没回过家,担心不已的祖父义浪还为此找过美世。可这也是无可奈何的事。毕竟,因为那件事,知情者对薄刃家的指摘更甚。为了维护薄刃家的荣耀,新绝不容许自己犯错。如果自己处在新的立场,也一定会做同样的事!

焦躁、不甘又静不下心来,恐怕就是新现下的心情吧!因为这些,美世真的很久没有见过新了。虽然从表面上看新跟之前没有什么两样,但这并不代表他真的没事。新很擅长掩饰自己的情绪,即使表面上看着很开朗,他的内心可能完全是另一种心境。

"美世,你最近过得好吗?"

"啊,好的!阿新表哥,你也没变呢!"

"托你的福,不过烦心事多得很就是了。"

美世和新聊天时,清霞有些不开心地哼了一声。注意到这点的新向清霞送去了略带挑衅的眼神。

"少校,心胸这么狭窄的话,美世会觉得喘不上气来的!"

"这就不劳您费心了。"

两人恣意斗嘴的光景,似乎许久都不曾见过了。

随后,一志来了,五道见到一志后也嚷嚷起来,美世则忙着问候叶月的朋友们,忙着忙着,时间已至正午。

这时,最后一位客人到了。

从会客室的窗户看到她时,美世简直不敢相信自己的眼睛。

"薰子小姐?"

美世呼唤薰子的声音都有些颤抖。

她先是看到一辆轿车突然停至豪宅外院,然后,一直盼望再次相见的、让自己担心不已的朋友现身了。

那身穿白色衬衫与军装长裤、拢着一件长大衣的美人,正是美世的朋友——阵之内薰子。

同薰子一同从车上下来的还有大海渡,二人一起走进玄关。

看到上司驾到,清霞和五道走向玄关大厅对其致意。美世也跟着二人来到大门旁,迫不及待地想要看看薰子的样子。

"欢迎你来,阵之内小姐。"

"打……打扰您了。"

同出来迎接的叶月打招呼的薰子似乎有些破音,打过招呼后,薰子将用包袱布包着的伴手礼递给了叶月。叶月微笑着道谢并收下了礼物,接着转头望向了一起前来的大海渡。

"辛苦你了。"

"不必在意,毕竟阵之内外出行动必须由我在一旁监视才行,带她出来并没有费太多工夫。清霞、佳斗,你们也趁这段假期好好休息一下吧!"

"是!"

"好嘞!"

听到二人的回应后,大海渡点了点头,转身准备离开。

这时,叶月唤住了他。

"你就这么回去了呀?"

"嗯,我在这里待太久的话爸妈会不高兴的,旭也盼着我回家呢!"

"这样呀,哎,你等一下!"

听到大海渡的话后,叶月露出了温柔的笑容,她使唤用人拿来一包东西,交给了大海渡。

"这是我给旭准备的礼物,可以瞒着公公婆婆替我给他吗?"

"我知道。"

接过礼物后,大海渡跟美世的视线对上了。美世向他点头致意,他却沉默地还了美世一个注目礼。

目送大海渡离开后,大家都微微松了一口气,美世立马冲向薰子身边。

"薰子小姐!"

"啊……美世小姐。"

久违的友人看起来比以前消瘦了许多,气色也不是很好。看着视线闪躲的友人,美世毫不犹豫地握住了她的手。

"薰子小姐,你过得还好吗?"

"嗯……那个……"

薰子的眉毛早已耷拉成了八字，环顾了聚集在玄关的众人后，她猛地低下头。

"真的给大家添麻烦了！非常、非常抱歉！"

啪嗒、啪嗒……几滴泪水落在玄关的三合土上，在地面晕染开来。

背叛军方是绝对无法被宽恕的，但那时的她也是别无选择。听到本家的武道场被侵占，非异能者的父母沦为人质，她只能选择屈服于甘水。想必薰子一直在被强烈的负罪感折磨吧，光是想象薰子的心境，美世都心疼得不得了。

"阵之内，抬起头来！"

开口的人是清霞。

缓缓抬起头来的薰子，眼里满是泪水。

"想必少将大人已经严厉地训斥过你了吧，我们就不再说什么了。"

"队长……"

"姐姐，既然人都到齐了，就快开始吧！"清霞转身向叶月说道。

叶月开朗地笑着回应："也是，那么，各位，今天的餐食我准备了西餐，采用立食宴会的形式，请大家动身前往餐厅吧！"

美世没有立即加入前往餐厅的队伍，而是牵起了薰子的手。

"薰子小姐，我们一起过去吧！"

"……对不起，美世小姐！"

"请不要再道歉了。"

美世心里很清楚,恐怕薰子无论如何都无法被无罪释放,清霞也说过那是不可能的。即便已经接受了惩罚,犯过的罪也不会消失。可是,一直责罚犯错的人,也不会有人得到幸福。

"我打心底觉得,能和薰子小姐成为朋友真是太好了!你能再次出现在我面前,我觉得开心得不得了,薰子小姐你不这么想吗?"

听到美世这么问,薰子摇了摇头。

"能跟美世小姐再次说话,我也觉得很开心,可是,这样的我,能跟你做朋友吗?不会让你很困扰吗?"

"完全不会!所以,今后也请跟我做好朋友吧!"

"嗯,嗯!"

看到薰子的眼里再次闪过泪光,美世轻轻笑出了声,然后牵着薰子一起走向了餐厅。

终章

美世将荞麦面放进水烧开的锅里,再用长筷子将锅中的面条搅散,热乎乎的蒸气扑面而来。

今天真是太开心了!美世心想。

在久堂家主宅参加完午间聚会后,美世跟清霞一起回到了他们的小宅子。

到家时,已是夕阳西下。美世独自站在厨房里,准备着用来迎接新年的晚餐。

尽管出席聚会的人不多,但是美世觉得非常开心。

叶月准备了各式各样罕见的美味西餐,一边享受美食、一边自由移动互相攀谈的方式令美世乐在其中。今天真是相当充实。

"糟了!"

回过神来的时候,美世惊觉荞麦面似乎要煮过头了。她慌忙将锅从火上移开,然后才放心地吐了一口气。

她夹起一根热乎乎的面条,吹凉后放进嘴里。做高汤荞麦面的话,面条要口感硬一点儿才好吃。不过,这次的面条也能

接受。

趁面条还没泡软,得赶紧行动!想到这儿,美世迅速将煮好的荞麦面盛进两个大海碗里,然后浇上滚烫的高汤;随后,她又放上炸好的天妇罗以及用于调味的大葱。今天的天妇罗以虾、鳕鱼和蔬菜为主。

"应该还不错吧!"

这是美世第一次做跨年荞麦面,还好她事先向百合江请教了制作方法。荞麦面只要下水煮熟就行,炸天妇罗她也做过很多次,所以并不会很吃力;至于高汤,是百合江手把手教她做的。

除了跨年荞麦面外,她还准备了用萝卜等根茎类蔬菜做的卤菜和腌白菜,甚至还准备了上好的清酒。

"嘿嘿。"

高汤的香味弥漫开来,这让美世安心极了。

现实生活不是只有开心的事,也会伴随着很多不安,还有在激变的生活中积累起来的精神疲劳,但今天是除夕夜,从明天起,便是为期三天的新年假期了,至少,美世想平稳地度过这几天,也希望清霞能好好地休息三天。

"老爷,晚饭好了!"

"好。"

到起居室叫清霞吃饭时,美世发现清霞正在皱着眉头阅读文件。白天,叶月曾提议让他们二人留在主宅住一晚,但清霞毫不犹豫地拒绝了,想必这些文件便是他拒绝的原因之一吧。虽然岁末年初可以稍做休息,但积压了大量待解决事件的现在,恐怕在休假的日子也多少会有报告之类的文件送来。毕竟,随时有可能发生紧急情况,清霞或许也想尽力完成自己力所能及的事情吧。

"……那个,您要不要稍微休息一会儿?"

"啊,抱歉!"

淡淡地回应后,清霞发现了摆放好的晚餐,便收拾起手边的文件。

看着忙碌的未婚夫,美世再次走到他面前,鞠了一躬。

"老爷,谢谢您!"

看着美世这突如其来的行为,清霞不由得屏住呼吸,有些紧张起来。

"感谢什么?"

"薰子小姐的事!是老爷帮了薰子小姐吧?"

美世回想起清霞在主宅时对薰子说过的话。尽管当时清霞态度冷淡,但那些话足以证明他已经原谅了薰子。美世不会自恋地认为清霞是因为她的央求才原谅薰子的,但是没有失去第一个朋友让她非常开心。

"我并没做什么该你道谢的事。"

尽管清霞别过脸一脸冷漠,但他眼中没有丝毫怒气。

"今后,跟异能心教的战斗会愈演愈烈,我只是不想浪费宝贵的战斗力罢了。"

听到异能心教一词,美世心中又生出了新的不安。

"是发生什么事了吗?"

"没有,甚至全是汇报毫无进展的报告。不过,就算是这样的报告里面也可能会藏有什么蛛丝马迹!"

"……找不到异能心教的藏身之处吗?"

"嗯,甚至连陛下在哪里都无从得知。目前,异能心教还算安分,但他们可能正在策划什么大规模行动!"

虽然甘水侵入执勤所,但最后他还是被清霞打败。不过,从甘水当时的态度来看,他似乎并没有特别遗憾,完全不像是计划失败的样子。

总觉得,会有什么不好的事要发生。即使是美世,也切身感受到了这一点。

这时,清霞吐了一口气,而后温柔地握住了美世的手。

"没关系,我会尽可能做好准备的。你不要不安,虽然这么说或许有些不切实际……"

"好的!"

在这温柔的手掌的鼓舞下,美世微微地笑起来。

除夕夜就这样平静地度过了。

当清霞和美世吃完跨年荞麦面稍事休息时,外面开始下起雪。

"下雪了吗?"

美世拉开日式拉门,从门缝欣赏外面的景色,清霞见状开心地眯起了眼睛。

屋内的灯光通过门缝漏到走廊上,照亮了飞舞在半空中的白色雪花。此时,庭院的地面上好像铺上了一层薄薄的白砂糖。

"是雪呀……"

冬天也好,雪花也好,美世原本是不喜欢的。在娘家没有火盆的、狭小的屋子里,每年都会冻得人难受,美世深受其害。但是,像现在这样在温暖的室内欣赏白雪,对美世来说是全新的体验,既新鲜又神秘,简直如梦如幻。

"美世。"

听到清霞的呼唤,美世转过头来,只见他正一边饮着清酒,一边观赏着门外的景色。

"你来这里!"

"是!"

美世乖乖地走到清霞身边坐下。

"今年真是美好的一年,因为我遇到了你。"

身边传来清霞温柔的话语。

该说这话的是自己才对呀!去年的今天,美世做梦也不会想到,自己竟然可以迎来不用希望自己被冻死的冬天,竟然能够遇到如此爱慕的、一刻都不愿与之分开的那个人。

"嗯,我也这么觉得……"

在美世这么说的瞬间,清霞将她拉至怀中,二人的嘴唇交合在了一起。

第二次的吻,带着淡淡的酒香,顺着口腔,染醉了心房。

此时,除夕夜的钟声响起。

二人静静地,迎来了下着雪的新年。

后记

大家，别来无恙吧。

我是颚木亚玖弥。我那被评价为"不知道怎么读""不会写""记不住"的笔名随着不断出现，最近终于让大家产生了"这个笔名其实还不赖嘛"的错觉，这真是一件让人开心的事呢！

《我的幸福婚姻》也终于迎来了第四卷，竟然能把这部出道作品写至今日，连我自己都觉得难以置信。

本卷的故事延续了第三卷的结尾，当时应该有不少读者很在意"那个人"后来怎么样了吧？不知道大家觉得第四卷故事的展开如何，至于期待着二人结婚的朋友，我要再次说声对不起，还没有要结婚哟！

在第四卷中，除了在第三部结尾重磅登场的那位，还新出场了很多人物，而新角色的卖点，大概是这是唯一在清霞属下中拥有姓名的人？因为美世才是主角，所以故事中鲜少出现关于对异特务小队这个组织的详细介绍，但在新角色登场之后，相关故事背景、组织设定也会逐渐明朗。

虽然大家已经很熟悉了，但是本卷依旧是关于美世成长的故事，作为作者，我希望她能在跟新角色的互动中进一步成长。二人的婚礼预定在春天来临时举行，但在那之前，还有种种考验在等待着他们。不过，没关系的，这两个人的话，肯定可以战胜一切！

由高坂丽灯老师绘制的《我的幸福婚姻》漫画版目前正在史克威尔艾尼克斯公司的《ガンガンONLINE》上连载，好评如潮，在《我的幸福婚姻》第四卷出版之际，漫画版的第二卷也出版了，再次希望读者能够多多支持。

第四卷的出版中出现了各种状况，甚至几度濒临极限，给责任编辑老师带来了很多麻烦，真是非常抱歉，感谢责任编辑老师！

还要感谢为第四卷绘制了华丽无比的封面插图的月冈月穗老师，真的、真的非常感谢！

最后要感谢一路陪我走来的各位读者。多亏了你们，这个故事才能一直继续下去，再次献上我最诚挚的感谢。

那么，下卷再会！

颚木亚久弥